# 我愛你，與你無關

*I love you*

OL心聲
代言人

**雪倫**

聽說，愛人的能力也需要磨練，
太久沒有愛一個人，會使人錯以為自己永遠無法再愛。
但無論如何，都別害怕去愛，
遇見了，就要狠狠地陷落一場，不留遺憾。

第一章

# 從小到大，我聽過最多對我的讚美，就是「婊子」。

我先說，我真的不是一個好人。

什麼善解人意、什麼溫柔婉約，任何用於女人外表、個性、行為特質的形容詞，在我謝安婷身上都看不到。

看不到又怎樣？活著又不是為了符合誰的期待。

連生我養我的爸爸都不要求我應該要如何了，其他人憑什麼期待？對於任何想干涉我生活的人，我只會對他們說兩個字。

閉嘴。

而這兩個字，我現在也很想對我眼前這個人說。

我真的不懂，一個懷孕八個月的女人情緒變化為什麼會這麼大？是聖嬰現象嗎？明明一上秒還幸福地笑著說家裡很快就要有新成員，下一秒馬上緊張地在我面前崩潰大哭，「謝安婷！我會不會把小孩養死？」莫子晨一把眼淚一把鼻涕地問我。

我看著她，很想問：難道這是傳說中的產前憂鬱嗎？

真的好特別，讓我特別想走人。

我雙手抱胸看著莫子晨在我眼前哭得好像被誰倒會一樣，只能嫌棄地用食指把紙巾盒推到她面前，這是我能盡的最大溫柔。人都有缺點，上帝創造了一個這麼完美的我，唯一的小缺憾，就是我不會安慰人，因為我從不需要被安慰。

我默默拿出手機，撥了通電話。

「快來接你老婆，哭得我心煩……」我話還沒說完，手機被就被莫子晨搶走。

她驚慌地對著電話那頭澄清，「我沒事，真的，只是看到安婷太高興了……」

女人說起鬼話來，比男人更天花亂墜。

莫子晨結束通話，擦掉眼淚，火大地對我說：「媽的，謝安婷妳想死啊！我好不容易能夠出來透透氣，妳打這通電話，我老公又要緊迫盯人了。」

「欸胎教胎教！誰叫妳哭了快半小時，妳說我除了向妳老公求救，還能找誰？消防局嗎？還是警察局？而且先不說我有沒有打這通電話，妳老公哪天不緊迫盯人？他沒去打NBA真是太可惜了。」一口氣反駁完，我輕輕地喝口紅酒潤潤喉。

莫子晨是我的同事，也算是我活了三十二年來，唯一的朋友。

沒朋友的原因，其實很簡單，不是什麼年紀大了，也不是什麼朋友各自為了生活庸碌，更不是什麼太宅了。任何一種正常人想得到某個人會沒朋友的原因，都和我沒有關係，我沒有朋友，純粹是因為我長得太漂亮。

不是我自誇，幾間知名的模特兒公司、經紀公司都和我接觸過，但我都拒絕了。我這麼難搞，不適合當藝人。很多人都以為長得美就特別吃香，老實說我這輩子吃虌、吃虧的時候比吃香的時候多。

從小，圍繞在我身旁的男生總是比女生多。念幼稚園時，我曾經因為跟某個男孩太好，畫筆被一個女同學丟到水池裡。那天我嚇了好大一跳，回家後一直問媽媽，為什麼她要這樣對我？

躺在沙發上敷面膜的媽媽並沒有抱我，也沒有安撫我，只淡淡地對我說了一句，

「因為妳長得比她們都漂亮。」從那天開始我就知道，漂亮對我來說只會成為一種困擾。

只要有叔叔阿姨誇我漂亮，我抬頭就是眼睛一瞪，馬上臭臉。原以為爸媽會教訓我的不禮貌，但他們沒有，很放縱我的脾氣。大人們覺得面子掛不住，媽媽只笑笑地回應，「小孩也有他們的喜歡跟不喜歡啊！」

後來，我聽到讚美時，就不再擺臭臉了，還會看心情假笑一下。不是因為我變得喜歡聽，而是我不喜歡爸媽被閒言閒語，看！這對父母沒有好好教孩子。

國中時，我被學姊、女同學欺負到想要點火毀容，結果沒有成功，家裡還差點被我給燒了。我開始叛逆了好一陣子，討厭帥氣的爸爸、憎恨美麗的媽媽，更不想看到跟我長得幾乎一模一樣的雙胞胎哥哥謝安平。

面對我的叛逆，媽媽卻從不干涉我的所作所為。我刺青、我蹺課、我打架、我抽菸、我離家、我上警局，我想埋怨這個世界，媽媽不曾責備過我一句，也不准爸爸教訓我，她只是對我說：「這是妳的人生，隨便妳怎麼過。」

只不過，假裝叛逆也是會累的。上了高中後，我懶得叛逆，而是開始變得自閉。我不跟任何人打交道，和每個人都保持距離，同學們都叫我冷凍庫，我沒有朋友好分享我的青春。

放學後，看鄰居對著每天打扮、化妝又噴香水的媽媽指指點點，說她不是個好媳婦。假日時，聽親戚說著每天不做家事的媽媽的八卦，說她不是個好媽媽。但媽媽依然我行我素，過著她自己的日子，爸爸也從未對媽媽多說過一句。

因為他愛她。

媽媽在某種程度是很討人厭的，而她的不在乎，就像打了那些三姑六婆好幾巴掌。我也不喜歡媽媽，憑什麼她可以不在乎，我卻在乎得要死，在乎這些人對我做的每一件事，每一道眼光。

一直到媽媽得了胃癌，醫生宣布就算治療也頂多只能維持一年的生命後，她選擇不治療。無論爸爸如何勸她，哥哥如何拜託她，她仍堅持自己的決定。爸爸氣得大罵她自私，媽媽臉上仍是笑笑的。

我討厭這種逼死別人的任性，但在那一瞬間，我第一次覺得媽媽很美。我和爸爸、哥哥不同，我什麼都沒有說，因為我沒有力氣說什麼。年紀還小的我，必須用力地壓抑可能會失去媽媽的慌張，還得面對爸爸即將失去愛妻的崩潰。

我壓力很大，謝安平也是，但我們倆只能眼睜睜看著媽媽繼續過著她原本的生活，雖然偶爾會虛弱得下不了床，或者把浴室吐得亂七八糟，可是轉身又會看到她聽著喜歡的音樂，吃著她最愛的辣雞腳。

我常有上前扯下她手上辣雞腳的衝動，但看著她一臉滿足的表情，又讓我打消了這個念頭。

某天我帶著被學姊霸凌的傷痕回家。因為她喜歡的學長向我告白，她受不了打擊，只好打我。爸爸氣得拉著狼狽的我要去理論，媽媽邊看著綜藝節目，邊分心地要爸爸別管，並且對我說：「自己的公道要自己去討，這世界只有妳能站在自己這邊。」

於是，衝著媽媽的這句話，隔天我去學校，撕破了學姊的校服。學姊的媽媽帶著哭泣的學姊上門來討公道，我媽仍躺在她的老位置，要爸爸到她旁邊坐下，讓我這十七歲的女孩，獨自面對一個張牙舞爪的四十七歲女人。

那場戰爭我大獲全勝，從今以後，我不想再委屈我自己，我媽用她的方式，把我變成另一個她。

可是她卻在隔天離開我，我措手不及，以為只是一場夢。

我面對生活和欺凌，我開始懂得反擊，開始喜歡我自己。每當在鏡子裡看到自己，我總會想起媽媽，那個一輩子都在過自己生活的媽媽，從不因為誰的眼光而扭捏，也不因為誰的言語而受傷的媽媽。

失去她之後，我開始懂得為自己而活，老爸常說妳就跟妳媽一個樣，他很愛媽媽，所以也總是對我比較偏心。

我和哥哥兩個人一起陪著失去媽媽的爸爸生活。原以為日子能慢慢恢復快樂，卻在某天哥哥和爸爸大吵一架後，哥哥搬了出去，爸爸也說他要回南部生活，誰也不願意告訴我發生了什麼事。

我就這樣被丟在家裡，整整十三年。

這十三年，我明明有家人，卻過得像沒家人一樣。原本我很難接受，三不五時就去找哥哥問為什麼，一到假日就搭車回南部找爸爸問為什麼。這樣持續了一年多，他們仍不告訴我原因。

我在心裡不停猜測，始終得不到答案。

我這樣不停奔波，有一次累得在回台北的火車上不小心睡過站坐到基隆。深夜裡，我一個女孩子站在客運站牌前，等著要回台北的那一刻，心裡浮出了一句話，「他媽的，我到底在幹嘛？」

那天之後，我就不再問他們兩個為什麼了。我想，媽媽如果還在，她肯定是坐在沙發上，可能啃著雞腳，也可能吃著鳳梨，然後淡淡地說，隨便他們，媽媽是不會為別人的事苦惱的，就算是自己的老公和兒子。

畢竟，那是他們的選擇。

於是我偶爾和謝安平吃個飯，偶爾回屏東看爸爸，確認他們都還活著，而且脾氣都還很倔，這樣就夠了。我再也不拿別人的事來讓自己煩惱，尤其是根本解決不了的事。活著，只要做讓自己開心的事就好。

所以莫子晨常覺得我很自私，但也這樣和自私的我成了好朋友。她曾經對我說，如果下輩子可以選擇，她一定要當一次謝安婷試試看。我笑了笑，沒有回答，以她的能耐，可能撐不到國小畢業就會想去跳淡水河了。無論別人現在過得多麼順遂，我也從不評論別人的人生，對別人的過去大放厥詞。

畢竟眼睛只有兩個，能看到的東西有限。

重點是，別人的人生，干我屁事。

不要別人干涉你生活的第一步，就是不要管別人怎麼活，免得落下一個「有嘴說別人，沒嘴說自己」的下場。而且成為了一個把青春都用來恨自己的少女，自然很珍惜接下來的每一天。生活追求的目標只有兩個字，爽快。

任何違背我意願或感到麻煩的事，我都會離得遠一點。

莫子晨根本沒有在聽我說話，只是瞪著我的酒杯，露出飢渴的表情。我一口乾了紅酒，留了個空酒杯給她。她開始破口大罵，「下流、沒有朋友道義，居然在孕婦面前喝酒，不要臉。」

我給了她一個美麗的微笑，「我要臉喔！難得一見這麼漂亮的臉，誰不想要。」我馬上招來服務生，幫火大的孕婦點了杯熱牛奶，再加一片重乳酪蛋糕。我真的是人美心也美。

「妳最好就不要懷孕。」莫子晨的重話說得超不重。

「好。」對我來說，要懷孕的確很不容易，畢竟到現在，還沒有哪一個交往過的男人，讓我想生一個他的孩子。

莫子晨露出懶得理我的表情，自討沒趣地吃著蛋糕，邊吃邊聊著，「以前工作的時候都好想休息，現在留職停薪安胎，結果每天都想回去工作，怎麼會這樣啊！」

「因為妳天生勞碌命。」我不是，我不想把自己變成那樣的人，不是我的工作，我不會去碰，也別要我去碰。

就在莫子晨開口說：「我才不是！」把嘴裡的蛋糕都噴出來的時候，突然有三個女人站到了我們桌旁。

我和莫子晨好奇地抬頭一看，站在中間的女人猛地伸手想要呼我巴掌。我很有經驗地閃開，女人一個重心不穩，跌到了隔壁桌男人的身上，把隔壁桌的男人嚇了一跳。

我以為他會扶起女人，但他沒有，只是淡然地看了那個女人，再轉頭看看我，一臉的不耐煩。我也只能給他一個無奈的表情，畢竟又不是我跌倒在他身上的。

另外兩個女人急忙上前，三個人都還沒有站穩就急著輪流吼我，「臭婊子。」再附上一句，「勾引別人老公，妳要不要臉？」

我能說我見怪不怪嗎？一星期總要上演好幾次這種婊子戲碼，搞得我有一陣子曾經迷失方向，以為我叫謝婊子，不叫謝安婷，至於要不要臉這個問題，我已經回答過了。

「請問妳老公是？」我很有禮貌地詢問，帶著職業笑容。

「少在那裡跟我裝蒜！昨天我老公還傳簡訊給妳，說他願意為了妳跟我離婚，妳給我老實說，妳是不是為了我老公的錢？」女人很氣憤，沒發現自己噴了些口水，我默默退後了一步。

我開始想著，昨天晚上那些自以為深情的簡訊和自以為幽默的 LINE 訊息裡頭，有沒有這位女人說的這一則。老實說，我真的忘了，畢竟不重要的人跟事，去記它幹嘛？

但重點是，有又如何？她老公要傳什麼，我又不能控制他，單方面說愛我的人那麼多，我哪來時間一個一個回應。

「妳老公多有錢？」我很好奇地問，為什麼稍有姿色的女人，跟外型不好看或是有年紀的男人在一起，都是為了錢？

想起我曾經很喜歡的某任男友，他戴著一副黑框眼鏡，剃了個小平頭，比我矮一點，只是皮膚油脂比較旺盛，所以臉上會長一些痘痘。但這真的無損他打電動破關的帥氣。然而他朋友都不停地對他說，他配不上我，他只好忍痛跟我分手。

誰知道我才配不上他，他現在可是科技公司的創辦人。

女人一臉我搞不清楚狀況似地瞪著我，我是搞不清楚狀況啊！然後咧？

「臭婊子，我警告妳，離我老公遠一點，不然我一定會找兄弟打妳！」女人不知道該怎麼辦，只好開口威脅我。

我帶著笑容點頭，「喔。」又不是沒遇過兄弟，他們才捨不得打我。

女人似乎見不得我一派悠閒，憤怒地往我這個方向衝了過來。當我做好萬全準備要應戰時，我看到她伸手推了站在一旁的子晨。下一秒，我褪去臉上的笑容，抓起一旁的水杯，往女人腳邊砸了過去，精準地落在她的腳前，把她嚇得停住腳步。

店裡原本熱絡的交談聲頓時消失，只剩下節奏輕快的藍調音樂，眾人的目光落在這場鬧劇上。我很習慣面對這樣的眼光，伸手動我可以，動我重要的人就不行！

我走到子晨身旁，沒好氣地說：「站這麼近幹嘛？」

她天真地回我，「多精彩啊！我都五個多月沒看過這種場面了，我沒事，妳快去吵啊！」說完，就把我推到女人面前。我決定等等送她回家後，一定要打電話向她老公告狀，叫他還是別讓她出門的好，孕婦實在是太難捉摸了。

我走到女人面前，輕輕地在她耳旁說了一句，「再鬧下去，晚上我就找你老公開房間。」

她原本慌張的表情又轉為憤怒，隨手抓起別桌客人的水杯往我潑過來。我輕輕一閃，連一顆水珠都沒沾到，倒是我後頭的那個男人頭髮和背後全濕了。

他再次轉過頭來，和我對上了眼，眼神裡帶著非常濃厚的不屑。簡單地說，他用眼神對我說了三個字：瘋女人。用台語講起來會比較親切，就是「蕭查某」。

他沒有誤會，我知道我是，所以我只能給他一個微笑，還有滿懷誠心，卻只能說在嘴裡的一句對不起。

男人面無表情地回過頭去，他身旁的友人急忙遞紙巾給他，服務生也趕緊過去察看。女人突然出聲撂了句狠話，「賤女人，我不會讓妳好過的。」我回神，只看到那三個女人快速地離開了餐廳。她們看起來好像贏了，但為什麼背影顯得這麼狼狽。

莫子晨走到我旁邊，露出可惜的表情，「沒了？就這樣？我以為她至少會扯妳頭髮。」

我淡淡地望了她一眼，「我現在馬上送妳回去。」逼我趕人，我是完全不會手軟的。我迅速拿起包包，走到櫃檯，莫子晨的聲音在我後頭響起，「等一下！我還不想回家啦！」

誰管妳。

結完帳，另外付給餐廳場地清潔費和物品損壞的費用後，一轉頭，就看到莫子晨哀怨的臉。但這是嚇不到我的，我開玩笑地對她眨了眨眼，眼角卻瞄到那位無辜男人的側臉。他長得並不特別好看，可是很有魅力。

「謝安婷，再陪我一下啦！」莫子晨的臉突然在我眼前放大，嚇得我差點失手把她推去撞牆。

「免談！」我爽快地拒絕後，再次回到櫃檯前，把無辜男人的那桌費用一起結清。任何事都不應該牽扯到別人，即使不是我潑的水，我也多少有點責任。

走出餐廳後，我看著一旁臭臉的莫子晨，「臉幹嘛那麼臭，難道是剛被推那一下，小孩要出來了？」剛才那一推雖然不會致命，但孕婦下一秒會出現什麼狀況，真的是連算命都算不出來。

「屁啦！我好得很，簡直看得我熱血沸騰。我有一度想幫妳絆倒那個女人，可是我算錯時間……」莫子晨誇張地拉著我的手，激動地說著。

「妳不要亂來喔！妳要是怎樣，我會被妳老公打死。」也不想看看自己大著個肚子，連路都走不穩了，還想幫我吵架！

上一秒還笑著的莫子晨，突然拉下臉，超光速地紅了眼眶。自從高中那次和學姊的媽吵架完，我幾乎忘了什麼叫手忙腳亂，「妳又怎麼了？」我邊問邊擔心她眼淚就要流下來，又一邊在包包裡找著面紙。牛仔根本不忙，安婷才忙啊！

莫子晨哽咽地說：「安婷，好好找個人定下來吧！看妳這樣被欺負，我好難過、好心疼，妳明明又不壞，只是比較難搞……不是，是比較有主見。對交往的男人雖然不好，也從來沒有害過對方……」

我把面紙整包塞到她手裡，「妳給我閉嘴喔！我不欺負人家就好了，誰敢欺負我啊？我要打電話給妳老公了喔！」欠威脅啊這個孕婦。

莫子晨馬上擦掉眼淚，又好像沒事一樣，「我肚子又餓了，我們去吃下午茶。」

「不要！」我二話不說，決定在半小時內送她回家。我謝安婷這輩子搞不定的除了嬰兒，看來還有孕婦。正想加快腳步時，一束鮮花突然出現在我眼前。

「哈囉，Anna！」拿著鮮花的小鮮肉是麥可，此刻正對我綻放著聚集了九顆陽光般明亮的笑容。他是上個月和我們公司一起舉辦珠寶藝術講座的廠商，年輕有為又有肌肉，看起來非常可口，只可惜不是我的菜。

「你怎麼會知道我在這裡？」我問。但其實我一點都不驚訝，只是必須回應一下別人用心給你的驚喜。畢竟台灣就這麼小，想要知道一個人的所在地，稍微花點心思查一下，很容易就會知道的。

有心，什麼都能做到。

「我打電話去公司找妳，妳的助理說妳和朋友在附近吃飯。」小鮮肉溫柔地說。

我轉頭看了莫子晨一眼，小月果然是她教出來的助理，她留職停薪時讓小月先過來幫我，結果輕易就出賣了我。莫子晨乾笑地看著我，我翻了個白眼，回過頭，笑了笑接下鮮花。

麥可像魔術師一樣，又變出了一盒法國巧克力。我笑著接下之後，他接著突然從口袋拿出一條項鍊。我從事珠寶品牌公關，如果不知道那條項鍊值六位數，我也不用混了。

我笑笑地接過來看了一眼，做工精細成色也漂亮，設計也很適合我。「妳戴起來一定很美。」麥可深情地說。

「我知道。」我也誠實回應，隨即把項鍊還給他，繼續說：「可是……我不想要項鍊，我比較想要鑽石戒指，至少要三克拉才配得上我。」

麥克愣了一下，收回項鍊，收起燦爛的笑容，取代的是嚴肅的神情。他誠懇地說：「只要妳開口，我就會去努力。」多好的男人，不知道是哪個幸運的女孩能夠擁有他。可是我知道那個人一定不會是我。不能讓我心動的男人，都不是我的菜。

我笑了笑，「加油！」

他用力點了點頭，「好，妳一定要等我，我先回公司了。」

我微笑地對他揮揮手道再見，目送他的背影消失在街角。正想轉頭教訓莫子晨怎麼教助理，卻看見在餐廳裡被潑到水的那個男人站在我面前。我抬頭看向高壯的他，他又是一臉不屑的表情。我猜他應該站在我後頭一陣子了，我打算使出身為公關的職業笑容詢問他有何貴幹，他卻搶先開口了。

「小姐，不用妳結帳，只要以後別造成別人困擾就好。」他用低沉不帶溫度的聲音小小地酸了我一下，接著把錢遞到我面前。

我緩緩收起笑容，從他手裡抽走錢，「ＯＫ，不需要的話，那我就不浪費了。另外，跟你說明一下，造成別人困擾的人，並不是我。」

我真的想登報，拜託這些正宮、這些元配不要隨便看個簡訊就自我高潮，開始演起戲來。教訓別的女人，對感情並不會有什麼幫助，雖然是一個巴掌拍不響，但再怎麼樣，也該是先教訓那個感情失控的男人。

畢竟別的女人沒有給妳什麼山盟海誓，但妳的男人有。

那個男人一臉無所謂地回應，「隨便。」他打量了我一眼。我在那一秒裡讀到訊息，他覺得我是個花心的婊子，還不要臉地開口要三克拉的鑽戒。

我也不甘勢弱地用眼神告訴她，老娘就是值得三克拉的鑽戒。

他冷漠地轉身離開，我也轉身走到前方用腳踏車載滿回收品，還在撿地上寶特瓶的老伯伯面前，把手上的錢遞給他。老伯伯驚訝地看向我，我也給了老伯伯一個真誠的微笑，然後指著那個男人的背影，「伯伯，我們老闆說你很辛苦，這些錢讓你拿去買點好吃的，今天早一點休息。」老伯伯不停感激地道謝後離開。

我轉頭，看到莫子晨又哭了。

我已經不想再問她哭點在哪裡了，我只能說孕婦全身上下都是哭點。在她生下小孩之前，我不想再看到她，我對情緒容易失控的人真的很沒轍。我偷偷傳了簡訊給她老公，希望他可以十分鐘內出現把人帶走。

結果不到五分鐘，莫子晨就消失在我面前。這是一個千古不變的道理，你不想要的，會有別人搶著要。莫子晨能被這樣好好愛著，我真的為她感到很開心。

送走莫子晨，我回到公司，屁股才剛坐到椅子上，那個出賣我的助理小月就戰戰兢兢地走了進來。

「幹嘛？要向我懺悔嗎？」我抬起頭問她。

她表情變得疑惑，「為什麼？我做錯了什麼嗎？」

「我不是說，只要是男生打電話來找我，一律請對方留言，而且不管是誰，都不能告訴對方我在哪裡。」我記得我好像交代過三次以上。

小月倒抽一口氣，「我忘了！」開始手足無措。

為了讓莫子晨回來上班時還有助理，我只好寬容一點，「再有下次，我會交代人事部扣妳薪水。」

小月一臉哀怨地點頭，「好啦。」

我以為小月要離開了，但似乎沒有，她還站在我面前，欲言又止，好像在盤算怎麼說出來比較好。我只能說，口拙的人怎麼說都很拙，小月就是非常口拙。

「直接講。」我沒有很多時間給別人浪費。

小月緊抿著嘴唇，想講不敢講。

我開始倒數，「三、二……」這是最好解決的方法。俗話說狗急跳牆，可是小月不是狗，她是個單純又努力認真的女孩。但我必須這樣，她才會說。

「我今天可以早退嗎？」小月急忙地說，眼睛裡像灑了星星一樣，眼神亮晶晶的，等著我答應。

「嗯？」沒什麼不可以，只是要有理由。畢竟她常幹些吃力不討好的事，比如幫打麻將輸錢的男友媽媽送錢，幫男友姊姊排隊買五月天門票，幫男友買三餐、洗衣服、整理房間。小月覺得被需要是一種被愛的感覺。

我很難跟她解釋奴隸跟女友的差別，因為她現在聽不下去。但沒關係，不急，總有一天她自己會懂的。

「今天是我跟男友交往滿一百天，我想回去準備……」小月支支吾吾地說著，要等到她說完，可能莫子晨小孩都滿月了。我馬上開口打斷，「三秒鐘，離開我辦公室，打扮得漂亮一點。」

小月先是愣了一下，馬上笑著跑了出去，真的差不多三秒。

我笑了笑，準備泡杯咖啡，好應付接下來的工作。但我此刻心情是好的，因為我發現，應付工作比應付孕婦來得輕鬆。我很少加班，不能在工作時間內完成工作，是自己能力不足，萬一我加班了，那肯定是別人的關係，就像今天。

我拿了杯子走出辦公室，沒想到在轉角處看見小月被行銷部的老鳥美玲攔下來。美玲對小月說了幾句話，小月滿臉的為難，我走了過去，想都不用想就直接替小月拒絕。

「就算小月之前是行銷部的，可是她現在暫時調來公關部，我不希望我的助理去做不是自己工作範圍內的事。」我冷冷地說。

美玲尷尬地笑了笑，「謝經理，話不是這麼說，小月之前都跟著莫主任，有些事她本來就比我們清楚，只是想請她幫忙查個東西。」

老套。

「一個助理比你們這些做了好幾年的正職人員清楚，那是你們太混，還是小月太能幹？她今天的工作已經結束，我讓她先下班了，需要我這個公關部的經理過去幫妳查嗎？」雖然我不是個多好相處的人，至少我不會欺負別人，尤其是弱小。

「不用了。」美玲連看都不想多看我一眼就走人了。

我當然知道接下來我會被罵得多難聽，但我不在乎，應該是說我沒有在乎過。講一句難聽的，要不是在同一間公司，勉強稱得上是同事，不在辦公室的時候，誰和誰都沒有半點關係。

我轉頭看了小月一眼，「說一句不要有這麼難嗎？」

小月無奈地點了點頭。

「那還是我取消妳的早退，妳回去幫她查資料？」

小月一臉快要哭出來的樣子，跟莫子晨一個樣。「還不快走？」連約會還要我催她，誰看過像我這麼善良的婊子？

小月慌張地向我點頭道謝，然後飛快跑走。

這世界上，不是壞人才會欺負好人，只要你不敢為自己說話，就會很容易成為被欺負的對象。

我一走進茶水間，原本聊天的同事們突然都像消了音一樣。我笑了笑和他們打招呼，他們也笑了笑，各自拿著咖啡、零食解散。我像是不速之客來到了一個歡樂的派對，但很抱歉，再怎麼被討厭的人，也還有呼吸的自由。

希望他們剛剛罵我罵得還開心，能打起精神繼續工作。

泡好咖啡，我回到辦公室關起門。樓上不知道在進行什麼裝修，已經半個月了，這時又開始轟轟轟地發出聲響，是要跟我比吵嗎？

我播放著我最愛的搖滾樂，將音量調到最大。反正我喜歡這樣工作，有一種壓迫感，也會有一種舒暢感。兩種情緒的拉扯間，可以讓我專心。

播放清單都還沒輪完一遍，我已經把今天的進度完成。抬頭看著窗外已經天黑，一旁的時鐘顯示七點四十五分。我很滿意地關掉音樂，把小鮮肉送的巧克力丟進包包，再拿著那束美麗的花離開辦公室。今天我哪都不想去，想回家煮碗泡麵追個劇，然後大睡一場。

可惜，我一走到公司門口，又有男人在等我。

那個男人雙手抱胸靠在車前，帥氣地低頭滑手機。經過的女人不時抬頭偷看，還忍不住對著他指指點點。不知道的人還以為是哪位韓國明星呢。他抬起頭，和我對上眼，給了我一個帥氣的笑容。

我只覺得很膩。

男人紳士地打開車門，示意我上車，我當作沒看到他，轉身打算攔計程車，他卻快步走到我面前，把我半拖半拉地推進車內。我從車窗裡看到比較晚下班的同事走出大樓，個個張大了嘴看著這幕，我想他們明天早餐又有八掛可以配了。

但內容絕對不會是謝安婷被迫上車，而是謝安婷又勾搭上新男人。

男人快速地上車，發動引擎，踩下油門的同時，笑著對我打招呼，「那麼久沒有看到我，都不會想我嗎？」

「不會。」我馬上回答。

「可是我滿想妳的。」男人燦爛地笑，我只想吐。

「狗屁。」

男人開始誇張起來，「人家說雙胞胎都有心電感應，妳居然沒有感受到我的想念嗎？」

我瞪了他一眼，對他吼著，「謝安平！上星期爸生日，我找你一起回屏東幫他慶生，你在那裡給我裝忙。有本事怎麼不裝一輩子，不用找我啊！找我幹嘛？」想到上星期差點就要說出拜託兩字，謝安平還是不為所動，我就覺得嘔。

公司永遠都很忙，但永遠都不會差你一個。

「我不回去，是給爸最好的生日禮物。」謝安平收起原本那個想讓人出手揍他的痞樣，突然正經起來，搞得好像我火大是有罪一樣。

「都那麼多年了，還有什麼好吵的？」我轉頭看著謝安平，但已不再期待他告訴我當年到底發生什麼事。「不管怎樣，爸已經有年紀了，他開始有老花，走路也不像以前那麼穩健，每天就是坐在前院的涼椅打瞌睡……算了啦！當我沒講。」又是自己一廂情願。明明也是他爸，他不在意那是他的事。

「找我幹嘛？」我不是笨蛋，哥哥來找我，通常都不會有什麼好事。

謝安平轉過頭微笑地看著我說：「就想跟妳吃頓飯啊！上次一起吃飯都多久以前了，我在飯店訂了妳愛吃的大閘蟹，我們兄妹倆可以好好聊聊啊！」

「我跟你沒有什麼好聊的。」我說。

「哪有，可以聊的事一堆耶，妳知道我最近接了一個案子……」謝安平話匣子一路開到飯店，連搭電梯的時候也講不停，點完餐也繼續講。我知道他最近賺了一筆，又多養了兩隻貓，買了一台按摩椅，還想改裝家裡的廚房。因為子晨老公是建築師，所以想請他幫忙規畫一下。

「你又不會煮飯，改廚房幹嘛？」我喝了一口濃湯，問他。

「可以學啊！而且有人來住的話，也會用到啊！」他說。

「誰要去住？」謝安平跟我一樣難搞，最好會有朋友，而且他感情生活根本就是零，他說要拚事業，不想談戀愛，我覺得他根本就是眼睛長在頭頂上。

所以誰要去住？七月鬼門開可能會有好兄弟去，但現在少跟我來這套。他慌張了一秒，馬上說：「妳啊！妳來找我，如果太晚，就可以睡我家啊！」

我放下湯匙，很嚴肅地對他說：「謝安平，你瘋了嗎？你家就在我家隔壁棟，走路連五分鐘都不用，我幹嘛睡你家？你是不是有什麼事瞞著我？」

「沒有！妳什麼時候跟其他普通女人一樣婆媽了？」謝安平馬上反駁我，我瞪了他一眼。

剛好大閘蟹上桌，我也懶得再跟他爭，開始吃起來。每吃一口，我都覺得我快要到天堂，那蟹膏怎麼可以鮮甜到這個地步？我眼裡完全看不到謝安平的帥臉，只有一隻又一隻的螃蟹。

我吃得正開心，謝安平突然伸手幫我擦去嘴巴旁的菜渣。我抬頭看著他，「這招數不要用在妹妹身上，我想吐。」謝安平瞪我一眼，馬上笑了出來，伸手摸了摸我的頭。我警戒地問：「你在幹嘛？」謝安平又瞪我一眼，再度露出那種寵溺的笑容。

好，我吃不下了。我把螃蟹丟下，「你老實說，請我這餐根本有計謀對不對？」

謝安平還想狡辯，我看到他眼神飄移，不小心閃神看了一下我的後方。我轉過頭去，看到斜後方的某一桌坐著一個戴墨鏡的女人，年紀差不多四十初頭，手上那條閃亮的新款品牌手鍊，足以顯示她要不是貴婦，就是名媛千金。那女人就算戴著墨鏡，我也知道她正看著我。

我轉過頭看了謝安平一眼，他心虛地移開眼神，我就知道大概是什麼事了。我拿起紙巾擦了擦嘴，準備拿包包走人時，謝安平馬上開口，「幫我一下啦！」

「不幫，每次都要找我假裝女朋友，煩不煩啊！」只要有女人愛上他，對他窮追不捨，就要找我演戲。

「我也覺得很煩啊！但我不能得罪她，她是我們公司的大客戶，原本她的聯繫窗口是彼得，但彼得住院，只好由我幫忙處理相關業務，結果她居然想要包養我。我跟她說我有女朋友，她不相信，還找人跟蹤我。」謝安平用著像在約會的愉快表情，講著無奈的事，看起來很蠢，有點好笑。

「我浴室也想改裝，還要加一台電視。」我燦爛地朝他笑著。

他也笑著回應我，還牽起我的手放到他的臉上磨蹭，好像很愛我一樣地說：「妳有沒有良心啊！」

我微笑，抽起手，然後在他的名牌衣服上滑了兩下，看起來像是在挑逗，但其實是在擦掉他臉上的油，「沒有，如果不願意就算啦！妹妹想要先走了。」

謝安平伸出手指輕輕點了一下我的鼻尖，露出迷人笑容，「妳這個沒心沒肝沒肺的女人，最好妳都不要為感情困擾，不然身為哥哥的我一定會笑死妳。」

我笑著，不以為然地聳聳肩。我謝安婷就是被嚇大的，嚇到不知道什麼叫害怕了。

「我最近視力不好，要大台一點的。」我輕笑，再朝哥哥拋了個媚眼。

他笑著輕捏我的臉頰，但實際上那個力道，我明天可能要用上很多遮瑕膏，絕對瘀青，「那就這麼說定了！」謝安平拉長音說著，用力捏得好像我上輩子踩壞他祖墳一樣，這輩子來洩恨。

我痛得拍掉他的手，本想拿螃蟹腳砸他，擔心我露餡，他趕緊使了個眼色，我只好忍了下來。他從口袋裡拿出一張房卡，對著我比了個「走」的手勢，我笑出來，「真的要玩這麼大？」

謝安平用力點頭，「不逼真一點不行，等等我會溜走，妳就好好在裡面享受。我已經交代櫃檯準備妳喜歡的泡澡劑，還有音樂。」他說完，起身結帳，我滿意地走過去搭著他的肩。

「算你還把我這個妹妹放心上，那電視我也不要求六十吋了，五十吋就好。」我也要讓他看見我這個妹妹善良的一面。

謝安平瞪了我一眼，收好信用卡後，他摟著我的腰往電梯方向走去，還捏了一下我腰間的肉說：「胃口這麼大，難怪最近胖了。」

我只好肘擊謝安平的肚子，非常用力、非常結實的，他不禁悶哼了一下。我轉頭偷瞄那位痴情女子，居然偷偷跟在我們後頭。「欸，她真的很不死心耶，通常，看到房卡就會哭著跑走了。」我說。

「妳才知道！快點，再做作一點！」謝安平小聲地說，然後更用力地摟著我。我從電梯門上的倒影，發現痴情女子不知道什麼時候竟已經站在我們後面，只距離我們不到兩公尺，根本比貞子從電視裡爬出來的速度還要快啊！

恐怖片。

我決定使出婊子的終極殺手鐧，伸出手親密地摟住謝安平，然後用痴情女子可以聽到的音量大聲地說了一句，「寶貝！等一下要讓人家上天堂喔！」

這時電梯門正好開了，裡面站著一群男人，用一種尷尬得想問天堂在哪裡的表情看著我。正當我想告訴謝安平改裝浴室已經不夠補償我的名聲，決定要他把房子過戶到我名下時，我竟和下午那個被潑水的男子再度對上眼。

和其他人好奇的表情不同，他的眼神又一次傳達出了他的想法。對，我沒想錯，他的眼神在說：「這女人真的是個婊子。」

我只好再一次認同地給了他一個微笑。

而後，我看見他皺了皺眉。

第二章

# 寧願當一個眾人討厭的婊子，也不想當一個眾人喜歡的假甜甜。

為什麼女人的束縛這麼多？

老實說，女人自己也要負很大責任，什麼三從四德？我只聽過三重和八德，很多人以為只要遵守這些教條就會討人喜歡。事實上，會喜歡你的人，就算你在他面前放屁，他都會愛你。

而對那些不愛你的人來說，妳再怎麼漂亮也沒有用。

就像我。

所以，我滿樂意當個只做自己的婊子。

那個無辜的男人率先走了出來和我擦身而過，接著電梯裡的其他人也跟著走出來。謝安平對於我破格的台詞非常滿意，開心地把我拉進電梯裡，好像是真的想要去天堂一樣。我看著無辜男子的背影，不知道為什麼，心裡突然有一點衝動，想過去對他說一句，「欸，其實他是我哥。」

這樣會不會讓他誤會我們在亂倫？

我搖了搖頭，他怎麼想干我屁事？

看著電梯門漸漸闔上，痴情女子也在門要關上的那一刻轉身離去。電梯裡只剩我跟謝安平時，我們兩人馬上伸手把對方推開。我在角落不停按壓自己的胃，剛剛那些話和動作真的太噁心了。

「我也很想吐好嗎？」謝安平不悅地說。

我瞪著他，「我要在這星期內收到電視，不然我就去告訴她說我們是兄妹！你知道找個人對你妹來說很簡單。」

電梯門剛好打開，謝安平把我推了出去，塞了房卡給我，「知道了啦！累就在這裡睡一晚，明天早上再回去就好，有事打電話給我。」

我拿過房卡，甩頭就走。幸好我不當演員，演戲實在太累了，我等一下一定要狠狠泡上三次澡才對得起我自己。但當我走進房間想放鬆時，傳來的卻不是熟悉的味道。我在床上呆坐了五分鐘後，對高級套房失去興趣，只好起身，決定回自己的窩。

我到了櫃檯準備退房，櫃檯人員看了我一眼，對於我這麼快退房似乎感到有點荒唐，隨即用單純親切的表情詢問：「請問是不是對房間不滿意呢？」看到她這麼年輕，我想到了小月。

我搖了搖頭，笑笑地說：「不是，是我男人跑了。」

櫃檯人員一臉慌張又想安慰我的表情，讓我覺得世界充滿了愛，不是每個人都跟我哥一樣，把我利用完就走了。

「開玩笑的。」我說完，這位櫃檯人員鬆了好大一口氣。果然，二十幾歲的女孩都還有本錢單純，希望她們繼續這樣可愛下去，不要跟我一樣。

突然有道溫柔又悅耳的聲音從後頭喊著我，「小姐。」

我轉過頭，看著即使穿著飯店制服，氣質也像身穿高級訂製服的飯店工作人員。她帶著淺淺微笑，有點神祕感，眼神卻非常清澈，眼睛像月牙般彎彎的。我如果是男人，這女人我肯定不會放過。

她捧著一束有點面熟的花，「妳好，請問這是不是您遺失在餐廳裡的東西？」

我笑著接了過來，瞄了一眼她的名牌：櫃檯經理白明怡。「謝謝妳，白經理，妳好美。」我發自內心稱讚。

她笑了笑，謙虛地對我說：「哪裡，需要幫您叫車嗎？」

我搖搖頭對她說聲再見後，帶著花走出飯店。還想回頭再多看仙女一眼，卻看到那個被潑水的男子竟還在飯店，還和仙女有說有笑的。

喔！我有一點嚇到，我還以為他五官不會動咧。

算了，婊子跟仙女本來就會受到差別待遇，畢竟這裡是地球啊！

我拿著花，走在路上，吹著風，想起過去的每一段感情。我交過六個男朋友，這六個男朋友都是我先告白的。對於我愛的人，我從不吝嗇給他們愛，甜言蜜語也沒有小氣過。

然而，他們愛我，卻更愛自己的自尊心，我總是被放棄的一個。

但這並沒有影響我對愛情的態度，只要遇到我愛的人，我依舊會像第一次戀愛一樣，用盡全力。畢竟，不用力去愛的，就算不上愛情。

是的，精明又自私的謝安婷，在心愛的人面前，智商不是零，是負十八。

我抬頭對月亮笑了笑。

本想散步到走累了就坐計程車回家，沒想到就這樣走到了家附近。我繞到社區前方的一間家庭理髮，店裡只有老闆娘阿卿姨坐在理髮椅上，津津有味地看著韓劇。我走了進去，悄悄從背後把花遞給她。

「老闆娘，簽收喔！」

阿卿姨見到花，開心大笑著收了起來，「三八啦！」接著用很少女的表情聞著花朵的香氣。看見她滿足的樣子，我不禁猜想，過世的江水伯應該是被阿卿姨這樣的笑容迷得神魂顛倒吧！

「別坐那麼近看電視，江水伯說過的話都沒有在聽。」我拍了拍阿卿姨的肩膀，轉身離開。

阿卿姨在我背後喊著，「啊才剛來就要走了喔？我切了火龍果，妳要不要吃一點？」我用力搖了搖頭，笑著走了出來。

爸爸、哥哥都離開家之後，我也離開了。沒有他們的地方，都不算家。我運氣很好，遇到現在的房東，原先因為舉家移民，用很低的租金租給我，後來我住習慣了，附近生活機能又好，便向房東開口說要買下，房東也用友情價賣給了我。後來哥哥看我住在這裡容光煥發，就跟著搬到隔壁棟，簡直就是個跟屁蟲。

而我一住就是十幾年。阿卿姨和江水伯都是老鄰居，一個老公過世，一個跟老婆離婚，都在同一社區，互相照應日久生情，好不容易開口約定要一起走下去，卻沒想到江水伯車禍過世，又留下阿卿姨一個人。經常送花表達愛意的江水伯，又把花香帶走。

我無法解決阿卿姨的寂寞，至少能為她留一點香味。

離開理髮廳，我走到轉角的機車行。已經十點半了，燈還亮著，老闆慶東哥還在幫站在一旁的大學生修車。我直接走進機車行，從包包裡拿出巧克力，遞給在一旁打瞌睡等老爸下班的妮妮。

我無法和小孩相處，但七歲的妮妮不是小孩，她是大人，她的身體裡住著一個比我懂事的老靈魂。

「安婷！」她張開眼驚喜地看著我。

一旁的慶東哥邊修車邊叮嚀，「小孩要有禮貌。」我沒有在意小孩有沒禮貌，畢竟很多大人也好不到哪裡去。

「慶東哥，她叫我阿姨才沒有禮貌，我跟妮妮是朋友，她當然要叫我安婷啊！」這是我們的約定。

妮妮也出聲附和，「就是嘛！我們已經先說好了。爸爸，你要專心修車，這樣才能早點下班。」

慶東哥被自己女兒碎唸，還是笑得很開心，更努力地換輪胎。

「巧克力明天再吃……」

我才想警告妮妮，巧克力對女人身材的影響，她很上道地回應我，「我知道，會變胖。」

瞧，多好溝通。

我不知道她媽媽為什麼會拿了慶東哥的錢跑回自己的國家。可能她不適應婚姻生活，可能她想家，可能她有很多的可能。我不是她，我不知道她為什麼要這麼做，所以我無法批評她。

當妮妮有一天對我說她知道媽媽不會回來的時候，我告訴她，我媽媽也不會回來了，但我們都要自己長大。妮妮對我點頭，那時候，我就知道她已經長大了。

跟妮妮和慶東哥道了再見，我回到家，好好洗了個澡，煮了碗泡麵，打開電視。下一秒，我突然完全沒了食慾，也沒有看影集的心情，把泡麵倒掉，把電視關掉，有時我連自己都討厭自己的難搞。

我躺在床上,把一切的情緒化歸於生理,而不是心理。畢竟,說身體不舒服,比承認自己心理有毛病好得多。

睡了場不安穩的覺,其實很不願意醒來。在床上賴了好久,本想早上讓自己放個假,但小月非常盡責地傳了簡訊,通知我早上有月會。說得好聽是開會,實際上是聽總經理碎唸。我只好起床,決定到公司,向總經理建議,沒有意義的會真的少開,別浪費大家時間。

換了件新衣服,把自己打扮成自己喜歡的樣子。腿長當然就要露腿,胸小就只好多墊幾塊胸墊。穿衣服不用跟風流行,能把衣服穿得好看,不一定要身材多好,而是要懂得藏拙。

到了公司,我按照自己的步伐速度走進會議室,看見裡頭同事喪屍般的表情,立刻可以想像總經理不知道噴了多少口水。我給總經理一個美好的微笑後入座,見他想教訓我又不知道怎麼教訓的樣子,我只好給他台階下。

「總經理,不好意思,我遲到了。」其實我一點都不會覺得不好意思,相反地,我覺得總經理才要不好意思。明明這個月業績就很好,網路曝光量和品牌的討論度也很高,這時候是要開什麼會?當然是要加薪開 party 啊!

有快樂的員工，才會有好的業績，這句話我想老闆們可以刺青在臉上，時時刻刻提醒自己。

我一坐到位置上，行銷部的美玲就開始說，因為莫子晨請長假，後來的代理主任也在上個月離職，現在她完全忙不過來。但是明明我每次一到茶水間倒水，都看到她坐在裡頭跟同事聊天，每天都玩得忙不過來。

職場上最不會喊累的人，永遠都是做得最多的，而那些每天說自己很累很忙的，基本上都沒在做什麼事。

懶得嗆她。

總經理聽著聽著，突然抬起頭看我，對我說：「謝經理，反正公關和行銷本一家，不然莫主任回來前這段時間，就麻煩妳先暫代行銷部經理一職。」

「總經理，我拒絕。公關是做人，行銷是做生意，兩種從來就不同家。」主管都很愛把員工一個當兩個用。又不會給兩份薪水，還想壓榨我？只能請總經理下輩子再來。

我看得出來總經理很想呼我巴掌，但現在人很多，為了他的形象，他只好忍下來，想繼續勸我，「謝經理，莫主任再幾個月就回來了，妳就先支援一下。」

「沒辦法。」我只能給總經理一個甜美的笑容當作回應，如果主管不在就不知道怎麼工作，那我想有問題的不是工作本身，是員工本身。

場面陷入一片沉默。我是不尷尬啦，但其他人的表情看起來都很尷尬。大家都喜歡表面的和平，人生都在追求四個字，叫「相安無事」，私底下卻是抱怨東抱怨西的。做人何必這麼辛苦？

總經理不能接受被我拒絕，有點惱羞成怒帶點威脅地說：「這是公司命令。」

喔，我最討厭人家命令我了。

「所以？」我好奇地問。

「所以妳要服從！」總經理咬牙切齒地瞪著我，他雙手緊握桌緣，我看得出來他很想翻桌。

我笑了笑，拉拉新洋裝，好整以暇地說：「總經理，我是來上班，不是來當兵的。當初我進來公司，我的工作內容並沒有暫代行銷部主管一職，我不曉得我為什麼必須而且非得要答應你，勉強做不是我工作範圍內的事？」

總經理氣得拍桌，「暫代個幾個月，又沒有要妳多做什麼事，有這麼困難嗎？」

我認真地點了點頭，「有。」很老實地說。

我又不是第一天來公司，這種鬼話，七月分講出來連鬼都不會相信，有啦！莫子晨會相信，所以她才會拿主任級的薪水在做經理階級的工作。

只有我愛的人才能讓我心甘情願被騙，工作算什麼東西。

總經理火大地瞪著我，我仍面帶微笑，其他人則都把頭低到不能再低。我不懂，是我在跟總經理戰爭，他們在害怕什麼，好像只要一跟我對上眼，就跟我是同夥一樣。

三秒過後，總經理生氣地起身推開椅子，然後甩門離開。這是主管憤恨的三步驟第一步。接下來，我知道在我走回辦公室前，就會被總經理召喚，不是要解決問題，而是要指責我為什麼讓他在一堆人面前難看。

讓他難看的人，不正是對員工提出無理要求，再被員工拒絕的他本人嗎？

但他不會知道。因為百分之九十九的主管都不會覺得自己有錯。

我比算命的更會算，我都還沒有走出會議室，總經理祕書就到我面前說了一句，「謝經理，總經理想找妳談談。」

我微笑點頭，從容地往總經理室前進。同事們又不好好工作，都在等著看我笑話。他們的人生到底有多欠缺幽默、到底過得有多不快樂，才會一心想看別人出糗，等著取笑別人來讓自己滿足。

進到總經理室，總經理鐵青著臉坐在椅子上，直愣愣地看著我。我不知道要說什麼，也就只好直愣愣地朝總經理笑。

不然要幹嘛？

總經理突然換了個表情，變成了一臉慈祥的長輩。我知道他現在要開始高道德勸說，內容不外乎什麼公司一向待我不薄，現在公司需要我幫忙，我怎麼可以這樣在同事面前拒絕，這樣，以後其他人難道也說一句不要就可以不工作了嗎？

賓果，一字不差。

總經理動之以情地說著，只差沒有紅了眼眶。我很清楚，如果我答應，等等走出這個門，公司流傳的說法不會是總經理勸動謝經理，而是謝經理畏懼總經理所以妥協。

我真的太想打哈欠，只好打斷總經理，「總經理，我知道公司對我不錯，但那是因為我的工作能力強。如果我今天工作能力差，早就不在公司了。再說，我只是拒絕不該我做的工作，而不是拒絕做我原本該做的事。希望你明白，這兩件事是有差別的。」

一個美好的早晨，就在這裡浪費掉了。

總經理又氣得大拍桌子，「妳怎麼耳朵這麼硬！」又來了，講不出道理就生氣，羞羞臉。

「總經理，如果你不滿意我拒絕的話，那我歡迎公司進行懲處，只是，我也有我自己的選擇。我晚上還得參加活動，要先回位置上忙了。」我轉身離開總經理辦公室，懶得去管他有多生氣。

工作跟男人一樣，沒了再找就好，只要活著，還怕什麼？

一回到座位坐下，又聽見樓上施工的聲音。我抬頭瞪了天花板一眼，小月正好拿著三明治和咖啡走了進來，看到我不耐煩的臉，趕緊解釋，「經理，妳再忍一下，聽說這星期就會完工了。」

「到底什麼鬼公司裝修這麼久？而且連招呼都不打一聲？」工作最需要就是集中精神，我每天聽它在那裡疲勞轟炸實在很受不了。

「聽說好像是什麼很厲害的事務所，而且上星期那個老闆也親自下來跟總經理說不好意思，總經理說沒關係。」小月說著。

我聽了更火，「他當然沒關係啊，又不是在他辦公室上面。」

小月一臉愛莫能助的神色。我看了她一眼，她很識相地走了出去，然後一整個下午，小月把所有來電和公文擋下，沒讓任何人打擾我。可是總經理浪費了我太多時間，等到工作完成，都快天黑了。

我趕緊到商品部選了可以配上新洋裝的項鍊和戒指，再到洗手間補個妝，才下樓攔了輛計程車，直奔晚上的活動現場，今天這是一場慈善拍賣會，公司贊助了一些商品，主要是想爭取更多的曝光度，和更多有消費能力的客戶打交道。

到了飯店會場，我開始四處打招呼，陳董、林董、吳夫人、劉千金……聊經濟、聊時尚、聊生活大小事，聊誰家狗生了六隻，在高級寵物旅館坐月子，一個月要十萬。

我微笑點頭，「當你的狗真幸福。」

好不容易打完一輪招呼，我已累到想脫掉高跟鞋，直接坐在地上吃鹽酥雞配珍奶，但這裡只有甜死人的馬卡龍。我走到某個圓柱後面，想靠著偷偷休息一下時，有人遞了杯酒到我面前。

我抬頭一看，嗯，又是一個想約砲的臉。

男人我真的見過很多，我曾經做過分析，把追求過我的人做了一個統計，然後發現，我謝安婷能吸引到的，絕大部分都是浪蕩子，只想跟我玩玩而已。這些人追求的目標，就只是想要有個正妹坐在他們的跑車上，讓他們炫耀一下。

但我很清楚，副駕駛座上的那些女人，都會被歲月淘汰掉，而且坐快車我會暈車。

「嗨，我是必使達物流的邱志宏。」男人微笑著自我介紹，年紀大約四十出頭。

我沒忘記我是在工作場合，白眼先收起來，接過酒杯，也點頭回應，「邱董你好，我是ＹＬ珠寶的Anna。」

「我知道，上次在陳總監的生日會上碰過，沒機會打到招呼，不知道今天有沒有這個榮幸，和Anna一起吃個晚餐？」再順便上個床？差點就順便幫他脫口說出這句，但我忍住了。

本想找藉口拒絕，但聽到他是物流龍頭必使達的經營者，我念頭一轉，點了點頭，「當然好啊！不過要麻煩再給我半小時。」再給他一個甜美的微笑。

邱董微笑地點頭，「能等美女，是一件榮幸的事。」

我笑了笑，心裡想著，這句過時的把妹話術，到底要到哪個年代才會消失？從小聽到大，難道不能跟著時代一起進步嗎？

於是，我確認過該打招呼的人都打過招呼，該執行的工作也都處理完畢後，走到門口，邱董已經站在他的跑車前等我。他的手放在口袋裡，一副全天下他最帥的樣子。

我只想說，不是每個男人都適合站在跑車前面，有時候不小心會看起來比較像司機。但我接下來要有求於他，所以這句話只能埋在心裡。

坐上引擎聲大到吵死人的跑車，再加上邱董耍帥的開車技術，我每兩秒都要後悔一次，懷疑自己為什麼要這麼犧牲？

十五分鐘後，我腿有點軟地下車，眼前是一間米其林主廚開的法國料理餐廳，服務人員一見邱董，就非常熱絡地打招呼，想必他在這裡砸了不少銀子。而我屁股才剛坐上這軟綿的天鵝絨布座椅，餐點就上來了，看起來像是早就準備好的樣子。

「我注意妳很久了，Anna。」邱董帶著微笑對我說。

我露出驚訝的表情，「何德何能可以讓邱董注意我？」

邱董笑了，「我曾經看過妳在活動上介紹妳們公司的商品，非常吸引人。」

「那邱董有捧場一下嗎？」我笑著說。

「珠寶我是買了，但我更希望能買下妳。」邱董自以為幽默地說。

我喝了口酒，笑著回應，「可惜，我無價。」

邱董笑得更開心了，多膚淺，他的表情看起來，似乎以為自己成功吸引到我注意，但我只能說，我更注意的是他的公司。

「開個價。」邱董很直接地說。

我看著他手上的婚戒，笑了笑。又不是沒有人追我，有錢的人也多的是，我何必跟人共享，又不是wifi。「邱董，你這麼直接，那我也直接一點了，老實說，因為你是必使達的老闆，我才來跟你吃飯的。」

聽見我的坦白，邱董笑出了聲，「不愧是我看上的女人，有氣魄。」

這話真是刺耳，什麼叫你看上的女人？最討厭人家在我身上貼標籤了。但我今天不想跟他計較，畢竟有求於人。

「我朋友是海外志工隊的人，常有物資運送出國的問題，不曉得邱董這裡能不能行個方便，做善事還能提升企業形象。」我的語氣真的不能再更誠懇了。

邱董喝了口酒又繼續說：「那我能在妳身上拿到好處？」

「實話是，沒有什麼好處。」都這麼開誠布公了，我也就坦白了，為了一個物流配合要我賣身，邱董你就下輩子好嗎？

邱董一聽，笑得非常開心，從口袋裡拿出他的名片，遞到我面前，「就是喜歡妳豪爽，這是我私人名片，請妳朋友跟我的助理聯絡，關於志工隊物流的部分，我賣個面子給妳，全數免費。」

我開心地笑了出來，「邱董，其實你得到了一個好處。」

「什麼？」邱董一臉疑惑。

「就是我謝安婷有點欣賞你了。」我真心地說。

邱董呵呵大笑。

當我收好名片再抬起頭的那一瞬間，一支名牌女錶在我眼前晃啊晃。不愧是物流龍頭的老闆，泡個妞這麼大手筆，跟一台房車價格差不多的錶，也能說送就送，有錢就是可以任性。

「剛才看妳在會場，多看了這支錶一眼，我想妳會喜歡，就當作我們的見面禮。」

邱董拉過我的手，幫我戴上。

白色陶瓷錶帶，跟我的白皮膚很配，玫瑰金的錶面，跟我這個刺蝟也很搭，但就是戴這麼貴重的錶在手上，很怕我的手會斷掉。

「能和妳聊天，心情真好。」邱董笑著握住我的手。

我只能說一般女人收到這個價位的錶，心情也會很好，可惜，好東西我看的多了。

正當我想把錶脫下來還給他，邱董的手機也正好響起。他點頭跟我示意了一下後，便離座接電話。我看著他的背影，想著等等要怎麼委婉拒絕他，好讓他不會惱羞成怒地把剛剛要贊助物流的事取消時，那個百分百認定我是婊子的被潑水男子，正在相隔兩桌外的座位上用輕視的眼神看著我。

我並不怪他，畢竟如果是我是他，昨天看到我被某個男人的大老婆罵，再看到我跟小鮮肉要求鑽戒，還大剌剌地跟男人開房間，現在又收了不同男人送的錶，連我都想罵我自己婊子了。

我和他對上眼給了他一個微笑，希望至少在他心裡，我可以是一個可愛的婊子。

他冷冷地看了我一眼，轉頭繼續和朋友聊天。

邱董回到位置上，抱歉地對我說：「Anna，我突然有急事，要先離開去處理，我會派司機送妳回家。」

我搖了搖頭，「不用，我比較喜歡計程車司機。」

邱董笑了笑，面帶惋惜。離去前，他還叮嚀服務生要好好招待我，我想吃的、想喝的，務必要全數送上。交代完畢，才依依不捨地離開。

如果莫子晨沒有懷孕，我一定馬上 call 她來大吃大喝。可惜只有我一個人，食慾並不特別好。放下刀叉想要離開，才發現錶還在我手上，「可惡！這樣又要再見一次面。」這麼貴的錶，我又不能宅配。

嘆了口氣，安慰自己，算邱董好運，能再見我一次。

我拿出手機，拍了邱董的名片傳給好友三石，「快跟他的助理連絡，以後物流都不需要費用。」我才剛按完送出不到十秒，電話就來了。

「真的假的？」三石說。

「我謝安婷有跟你說過假話？」

我在高中畢業那年，因為無法接受媽媽過世，想逃離這個世界一陣子，所以跑去當志工。我和三石就是那時候認識的，比起謝安平，他更像我的哥哥，用他的方式開導我這個反叛少女。

感覺我應該會愛上他，但我沒有，三石對我來說就像恩人一樣。大學四年，我每年寒暑假都和他一起出國當志工，後來工作和生活這麼忙，我們很少見面，我就只能盡量運用工作資源幫忙。

「妳沒有，幹得好，改天請妳吃飯。」三石最愛跟我在那裡說假話。

「這句話我聽十幾年了，有點膩，有本事直接約時間地點好嗎？」我忍不住嗆他。

三石在電話那頭大笑，「那就後天晚上吧，我現在還在香港。地點嘛，回去再跟妳說。」

三石掛掉電話，嚇到的人換成我，覺得等等出去會被紅雨淋到，有夠難得，大忙人居然這麼爽快。

既然吃不下，我也不想再待下去。正起身準備離開，那個被潑水的男子突然走到我面前，一樣表情很冷。他的隨身冰庫電力一定很強，不然臉怎麼可以這麼僵？

我疑惑地看著他，「現在要求賠償已經太晚。」錢已經給回收伯伯了，要我再付他第二次，沒門兒。

「他老婆不好惹，別再害無辜的路人。」他冷冷地說。

好的，我火氣也來了，你要怎麼想我是你的事，但如果你來跟我吵，那這件事就和我有關係了。

「干你屁事。」我說。

他再一次冷冷地看我一眼，接著轉身要離開。我伸手拉住他，生氣地對他說：「現在是酸完就要走人嗎？」

「是啊。」他也很直接地回應，然後甩掉我的手。

「你懂不懂禮貌啊？」我火大了。

他上下打量了我一眼後，冷冷地說：「應該比妳懂，而且還懂得怎麼跟已婚男人保持距離。我是律師，邱太太是我的客戶，希望她下一個告通姦的人不是妳。」

我還沒有反應過來，他就從我面前消失了。我追出去想要罵人，他已經不見蹤影了。

這是第一次，我氣得差點內傷，只能打打門發洩。那支貴重的名錶，還在我的手上晃啊晃的！

自從不再讓別人傷害我之後，我心情都一直非常好，不管誰刁難我，誰又想找我麻煩，遇到多少無辜的事，我都讓自己看得很開，這次卻讓我心情鬱悶到想學莫子晨酗酒澆愁。

我回到家，謝安平就站在我家客廳。我翻了個白眼，幾百年前就叫他把備份鑰匙還給我，死都不肯，還說怕我沒有嫁掉，以後老了生病有可能陳屍家中，所以一定要有一把我的鑰匙。

我哥真的想很多，他怎麼能夠確定不是他陳屍家中？依他十幾年來一直單身的狀況看來，我覺得他比較有可能娶不到老婆。

但他沒有意識到這個危機，還得意地指著地上的一台液晶電視，「說到做到，五十吋，但妳沒有說一定要新的，所以為兄忍痛割捨舊愛給妳。」

我冷冷地看他一眼，「嗯。」

謝安平以為自己可以惹我生氣，殊不知跟那個人比起來，他根本就是小凱西，小case。他不能接受我的反應這麼平靜，突然衝過來摸著我的額頭，「妳生病了嗎？」

我沒好氣地回他，「你才有病，快回去好嗎？。」

「妳情傷？不對啊！妳最近又沒有談戀愛。」謝安平真的很不會見好就收，一定要我發火，他才會爽。

「阮鈴，遠業科技的董事長情婦……」我一說出想要包養謝安平的女人名字，他馬上用手摀住我的嘴巴，一副要致我於死地的樣子，他都忘了我練過防身術。

我抓住他的手腕，轉身就把他的手扭到背後。謝安平痛得眼眶都紅了，「不是叫你不要小看你妹了嗎？我在公關界不是混假的。」我不想看到謝安平哭，一個鬆手就放過他。

他痛得撫著自己的手腕，「別再講她了，我好不容易甩掉她。」謝安平看到我手上的錶，趕緊走到我的面前，抓起我的手猛看，然後對我說：「哪個凱子送的？妳居然收了？」

「沒收，只是來不及還。」把錶脫下來丟給謝安平，我幫自己倒了杯水。

謝安平看著手錶再看看我，搖了頭，「可惜，還以為妳想通了，願意找個好對象來過日子，不是每次都和一些奇奇怪怪的人交往。」

「錢我可以自己賺，別批評我的前男友們，他們又沒有對你怎樣。」我不喜歡的人，再有錢也只是個屁。

「但他們對妳不好啊！妳是我妹耶，我也希望妳感情順利，有人可以好好照顧妳，容忍妳的嘴賤和壞脾氣……」謝安平越說越起勁。

「請問你今天是叫謝武雄嗎？」上星期回屏東才聽我爸講了一樣的話，現在又要聽一次。所有希望家人趕快找到對象的人都這麼沒有梗嗎？

謝安平閉嘴，把錶還給我，「為兄只是覺得，我的妹妹值得好男人來疼愛。」

可惜，好男人都不會愛上我這種女人啊！

第三章

## 身為婊子，註定和好男人絕緣。

好男人都離我很遠。

因為他們都夠聰明，知道不能招惹我這種難搞的女人。

我心裡很清楚，所以我不期待好男人，我只能努力把愛我的人變成好男人，結果他們一轉型成功就離開我，那些身旁有好男人的女人們，就不用謝我了。

謝安平一臉難過地伸手摸了摸我的頭，我伸手拍掉他的手，對他說：「找到好男人之前，我更值得一台新電視。不好意思，我不是回收場，那台舊的給我拿走，不然，阮鈴……」

「我馬上走！」話還沒有說完，謝安平立刻拿起電視走到門口。

謝天謝地，我耳根終於可以清淨。

謝安平突然轉過頭來，真摯地說：「謝安婷，太做自己的人，通常都沒有什麼好下場這件事妳知道嗎？」

我伸手準備要拿沙發上的抱枕砸他時，謝安平已經消失在門口了。

不做自己，那我還能當誰？

在我隱忍了那麼多年之後，我才知道，委屈自己並不會讓別人愛你，認真做自己，至少還有自己會愛自己，至於別人的誤會和討厭，那就是別人的事。

對，我何必在意那個男人的眼光？

感謝謝安平，讓我重新想清楚。這個晚上，我好好地洗了個澡，煮了碗泡麵，看了部電影，心滿意足地睡了個好覺。

自己得要成為自己的信仰，內心才有辦法強大。

隔天，我神清氣爽地來到公司，在走廊上和總經理遇到，我微笑著對他打招呼，

「總經理，早安。」

他別過頭去，當作沒看到我這個人。

我很想告訴他，為了我這麼氣壞自己身子真的不值得，但我想他根本不會理我，所以我還是別再雞婆。於是我走到辦公室，正式開始工作之前，想先問小月有沒有什麼重要的事，卻遲遲沒看到她進來。

有助理比主管晚進公司的道理嗎？

我撥了小月手機，她沒有接，我只好出去找人，沒想到看見她坐在行銷部的地板上，腿上還放了部筆記型電腦，正專注地猛打資料。我走到她旁邊去，她抬頭沒事似地對我打了招呼，「經理，早。」非常自然。

「可以請問妳坐在這裡是？」我心平靜氣地問，在還沒有確認事情以前，我盡量不發脾氣。

小月還沒有回答，一旁的美玲笑著站了起來雞婆地說：「謝經理，妳不知道嗎？小月調回來行銷部支援啊！總經理說是妳提議的。」

我也笑著回答她，「提議個屁。」轉身直接往總經理辦公室走去，

其實我進公司到現在這幾年都沒有請過助理，因為我適合自己一個人工作。莫子晨就是擔心她請假的期間，底下的人把工作都丟給小月，才要我先幫她代管小月，畢竟小

月現在還是夜間部的學生，領的是打工的薪水，莫子晨也不想讓小月因為工作影響到學業。剛好這幾個月公關部比較忙，我就申請小月成為我的助理。

總經理自己下不了台，還說是我提議的，大男人丟不丟臉？

我走進總經理辦公室，總經理抬起頭看見是我，又低下頭去看著他手機上的股市分析，「有什麼事？」

「我昨天好像沒有提議要把我的助理調走。」我說。

「有沒有很提議很重要嗎？是我給妳台階下，不然妳就暫代行銷部經理啊！」總經理用他微禿的頭頂對著我說。

「我不要。」我說，不懂總經理是有多喜歡被拒絕。

管他臉色有多臭，我繼續說：「總經理，小月現在是在幫我處理下個月的公司週年酒會，我得邀請嘉賓，還得發新聞稿。你這樣把小月調走，讓我一個人忙不過來，到時候如果辦得讓董事長不滿意，我也只好……」聽到董事長三個字，總經理馬上抬頭惡狠狠地瞪我。

「只好怎樣？妳說啊！妳現在是在威脅我嗎？搞不清楚狀況啊妳！」總經理又拍桌子一下。奇怪，桌子是有什麼錯啊？

我微笑地對總經理說：「總經理，我就是太清楚週年酒會對公司的重要性，我才跟你說的啊！你這麼英明，一定知道怎麼做才是對公司最好的啊！對不對？」

總經理瞪著我，氣到不發一語。我真的希望他的心臟還好，可以撐得過這一關。

「助理妳帶回去，出去！」總經理指著門口，希望我趕快消失。

我當然要乖乖聽話，「謝謝總經理。」優雅地離開總經理辦公室後，我回到行銷部帶人。

「可是總經理說……」坐在一旁喝咖啡的美玲看到我要帶走小月，又拿總經理出來壓我。

我用眼尾看了一眼美玲，她不甘願地閉上嘴巴，坐回位置上喃喃著，「這樣人手不夠是要怎麼工作？」

她是行銷部的組長，子晨不在，她怎麼好意思每天坐在位置上喝咖啡、逛網拍，把工作丟給其他人去做？有些事看在眼裡，不干我的事，我就不會說半句話，但她真的讓我很想破例。

我直接走到她的位置，按了下滑鼠。原本黑黑的電腦螢幕亮了起來，出現的是某購物商城的網頁，還有 facebook 的遊戲頁面。美玲沒有想到我會這麼做，嚇了好大一跳，其他同事也抬起頭好奇地觀望。

我看了美玲一眼，她心虛地低下頭。我不想在這麼多人面前給她難看，一言不發地帶著小月直接走人，希望她能有所警惕。天下沒有白吃午餐，沒有白做的工作，也沒有白拿的薪水，我不想成為她踢到的那塊鐵板。

回到辦公室，小月崇拜地看著我，「經理，妳怎麼知道她在逛網拍、玩遊戲？」

「這種廢話問題就不用多問了，她如果不是在玩，怎麼會有工作做不完？而且總經理把妳調回行銷部，妳是連一個不字都不會說嗎？」我無奈地看著小月。

「他是總經理耶，我怎麼敢說不要。」小月一副我多大逆不道的樣子。

「只要有嘴巴都可以說不要好嗎？」我說。

「我就不敢啊！」

好，再爭執下去只是浪費時間。不敢說「不」的人，就跟不敢跟吃青椒、茄子的人一樣，有的人是終生恐懼，有的人可以戰勝恐懼。我只能祈禱，小月在某天，能夠成為後者。

交代完小月工作後，我看了她一眼，總覺得我的辦公室裡面好像少了點什麼。我一直想、一直想，終於想起來，「今天樓上怎麼沒有轟轟轟？」我簡直不敢相信，抬起頭看著安靜的天花板。

「喔，施工結束了。今天早上聽警衛阿財叔說昨晚樓上事務所都搬好了。」小月很詳細地說明。

我馬上打斷小月的報告，解脫般地說：「好，他們有沒有搬好跟我沒有關係，只要確定不會再轟轟轟就好。」

小月回到位置上工作，我拿了收據走到會計部打算核銷出差費用，卻見到那個被潑水的男人從總經理辦公室走出來。因為有點距離，他沒有看到我，就直接離開了。

我很疑惑他為什麼會出現在我們公司，難道是來告我的狀？跟總經理說我利用工作之便收取禮物？

不會這麼賤吧？

活著要不怕被人講，不怕被人罵，是需要訓練的。

而且訓練你的這些人，就是你生活周遭的人。他們都自以為是神奇寶貝訓練師，拿著球就往你身上丟，試著要收服你。大多數的人，都只是想享受那種丟球的快感，然後看你被關在球裡的優越感。

他們就是想罵、他們就是想講，他們說你賤，其實他們嘴更賤，還看不慣你比他們賤。這種有事的人，如果再跟他們計較，我不就更有事？

我從忍耐著被罵，到笑著被罵，就只是一個念頭轉換的時間。從此之後，謝安婷被罵就只有四個字，叫不痛不癢。

反正下地獄被割舌頭的人，是他們又不是我。

每次那些元配、正宮不分青紅皂白就直接來跟我嗆聲，或是找我麻煩，我都不曾怪過她們。我明白什麼叫愛得痴狂，因為我愛過，因為我痛過，所以我懂得要失去愛人的恐懼感。

看著她們，我內心多半是同情。

被罵久了，其實也就習慣了，反正所有不合理的事，久了都會麻痺。

吃多了不合理的虧，久了也就跟吃飯一樣。正當我想著，要不要去問總經理，那個男人是來幹嘛的時候，總經理祕書也剛好走來會計室，要申請這個月的交際費用。

就聽到了會計室的郭主任詢問總經理祕書，「都處理好了嗎？」

總經理祕書受不了地說：「總經理和朱律師談的時候，表情那麼凝重，我看還有好長一段路要走，所以說男人玩就玩，為什麼要在外面留種？看總經理他爸過世後，現在還有外面的私生子要來搶遺產。」

郭主任也無奈地搖頭，「這事不快點處理好，總經理每天跟吃了炸藥一樣，我們都不好過日子。」

「聽說這個朱律師很厲害，希望可以早點結束。」總經理祕書嘆了口氣，把請款單交給郭主任。

聽完八卦，我也該離開了。確定他沒來犯我，我也就不會犯他。我回到辦公室，繼續工作，八卦都是假的，為了生活，好好工作才是真的。

可是，日子就不是只有工作，還有家人。於是在我寫預算表，正加加減減地計算，刪東刪西時，我爸武雄打了電話來找我。我很想等我處理完我最弱的數字遊戲，再來好好跟他聊天。但是我爸不肯罷休，我也擔心是不是他在屏東發生什麼事，所以響到第十聲，我趕緊接了起來。

「爸，你怎麼了？」我先問。

「我沒事，跟謝安平說一聲，過幾天我會安排朋友的女兒跟他見一面。」武雄就是猛，都沒有等我答應就是直接掛我電話，又帥又酷，果然是我謝安婷的老爸。但是這個請求，我真的無法答應。

我回撥電話給武雄，「爸，你自己跟哥說。」

「我不想和他說話。」然後，我又被掛了一次電話，我很想發火，但因為是武雄，我只好息怒。

接下來撥給謝安平，他聲音聽起來很忙，所以我開門見山，「爸剛打來說要幫你相親。」

「跟他說我不要。」謝安平也掛我電話，果然是父子連心，我一定是撿回來的，才會被他們輪流掛電話。我先責備我自己，這幾年來他們的戰爭，我參與得還少嗎？怎麼會上當。

我下定決心，下次一定要當先掛電話的那個人。

跟數字打完仗後，我想起我還有一場重要的仗要打。

我整理好資料，關上電腦離開公司，搭車直接來到必使達物流的大樓，要把那台手錶，不，那支手錶還給邱董。

祕書小姐上下打量了我一番後問我，「請問妳有預約嗎？沒有預約的話，董事長沒有空喔！」

「我沒有預約，請妳跟邱董說一聲是Anna，要見不見隨便他。」我淡淡地說。

祕書小姐看了看我，遲遲沒有動作，我就站在她面前，繼續看著她。我和她就僵在那裡，我就不怕僵，而且我下班了，我有時間跟她耗。祕書似乎發現我很難打發，只好妥協地撥了電話進去，邱董要她先帶我到會客室，他現在正有客人。

我在會客室等著，邊欣賞大公司的裝潢。

三石突然來電，說邱董助理在早上和他聯絡，已經談好物流配合了，合作草約也簽了。我不得不敲三石一筆，我可是解決了他長久以來的問題，幸好他豪爽地叫我明晚盡量點菜，算他還有點良心。

掛掉電話後，邱董也剛好走進來，「沒想到這麼快就可以再見妳一面。」

我笑了笑，搖搖手上的錶。

「怎麼了？不喜歡？」邱董好奇地看著我。

「我不喜歡戴錶，不過我聽說邱太很喜歡。」我把錶遞給邱董。

邱董沒有想要收的意思，看著我微笑地說：「那妳喜歡什麼？盡管開口。」

「我喜歡鹽酥雞、排骨飯、大杯珍奶去冰半糖，喔，還有八寶冰，不要放大紅豆。」我很認真。

邱董在我面前大笑出聲，認真地說：「Anna，跟著我，妳可以不愁吃穿。」

我告訴邱董，「我現在也不愁吃穿。」

「妳越這樣，我就越喜歡妳。」邱董緩緩靠近我，我們之間只剩下不到十公分的距離。我正想後退，不想維持在這種曖昧的姿勢，突然有一個女人衝了進來，直接把我推倒在地上，踩著高跟鞋伸腳就要往我臉一踢，所幸邱董拉住了她。

「誰准妳來公司！」邱董對著那個女人大吼。

我站起來，看到門口的祕書一臉看好戲的樣子，我猜是她去打小報告，而我眼前這位戰鬥力十足的女人，沒意外就是邱太太。

「我為什麼不能來公司？這是我爸出錢讓你經營，才有今天這個成績！不然你以為窮光蛋怎麼飛黃騰達的？還敢找女人來公司？」邱太轉身對邱董叫囂。

邱董生氣地拍了桌子，「妳給我閉嘴！出去。」

邱太十分受傷，「你現在為了一個女人，要趕我走？」

「出去。」邱董再說一次。

「我就不出去，還要教訓這個賤女人。」

又來了。

邱太吼完馬上衝過來想要打我。我真的很難開口解釋，因為不管我說什麼，在她衝進來的那一刻，就已經把我定位成小三了，瘋狂的人是沒有理智的。

所以無論如何，再怎麼生氣，都別讓自己氣瘋，因為那看起來很笨。

「在家鬧不夠，在公司裡鬧什麼鬧啊妳！」邱董馬上擋在我面前，拿出他的男人氣魄，瞪著自己老婆。

我其實很想拍拍邱董的肩，跟他說一句，「你也不能凶你老婆，事實上你的確動機不良，想找我當小三啊！」

現在這種局面，我再怎麼叛逆也不敢說出來。

這時候要讓自己清白地離開，就是冷靜回應，一慌就更坐實小三嫌疑。我微笑，走到邱太面前，不疾不徐地開口，「夫人您別誤會，我只是來謝謝邱董的幫忙。」

話一說完，邱太轉身卻踩到我剛才跌倒沒拿穩的百萬名錶。我倒抽了一口氣，邱太的表情好像看到一個用過的保險套一樣，直接就呼了我一巴掌。

邱董生氣地拉過邱太，「妳給我回去！」

邱太邊掙脫邊罵，「臭婊子，還敢騙我，收禮物就收禮物，上床謝過了，還謝到公司裡！」

我爸媽都沒有打過我，她憑什麼打我？

「這種不實指控，我是可以對妳採取法律途徑的。」我忍著痛淡定地說。但我拳頭早已握緊，很想往她肚子揍一拳。可是我忍住了，無論如何，出手就是有錯。

邱太甩開邱董的手，驕傲地說：「我有全台灣數一數二的律師，我怕妳嗎？跟我老公靠那麼近，打妳一下也只是剛好，賤貨！」

像我這種常常要被告的人，我一定得為自己做好安全措施。我微笑著拿出謝安平送我的錄音筆，充一次電可以錄三天。他送這個給我的時候說：「妳嘴壞討人厭，又容易招惹壞男人，一支不夠，我可以送你兩支。」

原本覺得這是個爛東西，但某一次有個女人誤認我要勾引她男友，每天跑來騷擾我。我用這錄音筆錄了她辱罵還有恐嚇我的話，找了她的家人說了這件事，給他們聽了錄音，要求他們加以約束，不然我只好報警。後來那個女人才沒有再出現。

從此，我就會隨身帶著，今天又可以用上了。我把錄音筆拿出來，重播了她剛才罵我的話，「如果妳拿不出我和邱董開房間的證據，那我只能用這段錄音來請律師協助我處理。」

「隨便妳，要告就來告，妳最好比我有錢，別官司打到一半沒錢玩不下了，那我會很無聊。」邱太鄙視地說。

「妳到底鬧夠了沒有？」邱董狠狠地瞪著邱太。

邱太失控地大吼，「沒有沒有沒有！」

我冷笑，誰才是婊子？

我收好錄音筆，轉身對邱董說：「邱董，不好意思，造成你的困擾，我先離開了。」然後再對著邱太說：「夫人，那就麻煩妳等著我的律師信函。」本來真的很想算了，但我真的激不得，老娘把房子賣了來跟妳打官司也爽。

邱太在我背後繼續嗆聲，「來啊！我怕妳啊！」

很想轉頭給她一槍，跟她說：「這種德性，難怪妳老公不愛妳。」看在邱董幫三石做了善事的分上，我不想害他。

我接受著異樣眼光和指指點點離開這棟狗屎大樓。

走在路上，我很火大，撥了電話給謝安平，「給我找全台北最好的律師，我今天一定要告死那個有錢就自以為了不起的女人。」

「妳要告人？不是有人要告妳？」謝安平嘴才賤。

「我非常嚴肅，你沒有感受到嗎？」我咬牙切齒地說。

謝安平知道事情不對勁，馬上認真地回答我一句，「給我三分鐘。」然後又掛我電話。我怎麼會在第一時間打電話給他？我為什麼以為同樣姓謝，他就會為我出氣，為我赴湯蹈火？

我背後的火燄大到迎面走來的路人都避開我。

不到三分鐘，謝安平就打來給我，一接起來沒被邱太氣死，就會先被謝安平氣死，「欸我剛 google 台北最厲害的律師，有劉澤凱、陳大華、朱季陽，還有徐……」

「謝安平！難道我沒有手可以 google 嗎？你人脈這麼廣，難道沒有認識半……」我話都還沒說完，手機就被路人撞飛了。

不但撞飛，還直直落入水溝蓋裡，而且不只我這一台，連路人的手機也掉下去了。

我抬頭看著那個路人，那個路人也看著我，我們再一起看向水溝裡那兩台不知道會不會流向大海的手機。然後我們又抬頭看著彼此，多看他一秒，我的火就更大。

「走路不看路？」我們同時說。

我用力地深呼吸，好確定自己還沒被氣死，瞪著那個路人，決定不想跟他在同個空間多呼吸一秒，手機當作老娘我破財消災，我推開他，想過馬路，他卻伸手拉住了我。

「紅燈！」他用力把我拉回人行道，繼續對著我吼，「剛沒長眼撞掉了我的手機，現在又想去害別的路人嗎？」

我用力甩開他的手，忍不住踢了他一腳，「你這種拍有錢人馬屁的王八律師，比我害過更多人吧！」

他痛得低嗚了一聲，五官糾結在一起。接著他抬起頭來，又用眼神罵了我「蕭查某」，我也不想再跟他客氣。

「給我收起你這種眼神，我才看不起你！」我很火大，轉頭想走，但覺得怒氣還沒有結束，我又走回去，往他肚子揍了一拳。但他肚子很硬，我的手很痛，可是我仍面不改色地嗆聲，「你給我準備好，我管你有多厲害，我一定要告你的邱太。」

他又拉住我，「發生什麼事了？」

「干你屁事！」我甩掉他的手，再踢了他一腳。

他吃痛地叫了一聲，終於脫口說出他一直很想對我說的那句話，「瘋女人！」

我抬起頭瞪他，「對啊！我是，怎樣？」我走到他面前，伸手用力拉了他臉頰的肉，「跟你的邱太一起告我啊！」最後轉身瀟灑地離開現場。

我到最近的通訊行裡，破費買了一支新手機。

「原本那支還在分期零利率耶！」我拿到新電話，馬上打電話給莫子晨，我不會傻到再找謝安平。

「我覺得妳要去拜拜，妳最近有點倒楣，是不是都沒有看我傳給妳的唐老師星座分析，很準耶，妳不要不信邪，倒楣鬼最愛找妳這種人附身。」我想，我找莫子晨也是一個錯誤。

我嘆了口氣，「妳到底有沒有認識的律師，別浪費我的時間。」

「我清清白白的一個國民，連停車費都沒有遲繳過，怎麼需要律師。」莫子晨不知道在驕傲什麼，不然我是有殺人放火嗎？我也是按時繳稅的好國民啊！

我掛了電話，我不需要拜拜，我只需要好好睡上一覺，才有精神戰鬥。我的人生沒有戰友，都是屬於我一個人的戰爭，活著就是只能靠自己。

於是我回到家，連澡都沒洗，妝也沒有卸就直接睡到天亮，驚醒時，完全不知道到底現在是幾點。我在床上愣了好一會兒，才下床洗了個舒服的澡，準備煮頓豐盛的早餐好慰勞自己，如果虧待我自己，怎麼對得起死去的媽。

如果是我媽，那麼現在她會用什麼態度去面對？

原本很煩躁的心情，竟神奇地在這一刻被治癒。我微笑地把煮好的早餐完美擺盤，再為自己煮了杯咖啡。悠閒地吃著早餐的同時，我開始 google 律師名單。

我媽是不會讓自己慌亂的。

把頁面出現的網站一個一個點進去，然後在某家律師事務所的頁面，看到了昨天被我揍的那個男人，他的大頭照真夠醜的，沒把他本人的魅力拍出來，這個攝影師該轉行了，他的照片下面有著大大的三個字，朱季陽。

名字好聽得不得了，跟本人差很多，他比較適合叫豬耳朵、豬八戒之類的，真是對不起他爸媽幫他取了個這麼好的名字。

往下一拉，一整頁的經歷，我滑鼠滾輪滑了三次才到底。要戰勝他，我就要找一個滾輪得滑四次才看得完的人。於是我朝這個方向去找，總算找到一個經歷更豐富的律師，但那個律師七十歲高齡已經退休。

我不死心，找了一整個早上都沒有找到，只好先去公司。

一進公司，就看到大家看我的眼神怪異。雖然平常就很怪，但這種怪異就是早上肯定發生了什麼，而且是關於我的事。

小月朝我走來，神情慌張，她還沒開口，總經理祕書就把我叫進總經理室。有完沒完啊？那麼常跑總經理室，還是乾脆我去當總經理好了，長住在那裡。

一進到總經理辦公室，總經理又拍了桌子，火大地直接罵我，「我不管妳私生活有多麼不檢點，鬧到公司來就不對！」

「什麼意思？」沒頭沒尾的在講什麼。

總經理把桌上的幾張照片丟到我面前，我真的很想去拔光他的頭髮，但我忍住了。我只能撿起照片，看到是邱董幫我載上手錶的畫面。我有點生氣，這幾張照片把我拍得真醜。

不會跟朱季陽大頭照的攝影師是同一個人吧？

我把照片還給總經理，「所以呢？這幾張照片能證明什麼？」

「不能證明什麼嗎？證明妳跟他過從甚密啊！」總經理生氣地向我吼著，希望他的聲帶健康。

我走到總經理面前，握住總經理的手，「總經理，其實我一直都很感謝你對我的照顧。」

總經理嚇了一跳，結結巴巴了起來，「妳、妳幹嘛？」

我把手放掉，退後兩步，對著總經理說：「總經理，這樣我們有過從甚密嗎？如果我們真的有怎麼樣，他有老婆的人，我們會這麼公開嗎？」

總經理愣住了。

「我以為總經理向來明辨是非，不會因為別人的三言兩語就失去判斷能力，我只能說總經理讓我很失望。」我難過地看了總經理一眼，搖了搖頭後，轉身離開。

好，過關。

但邱太真心惹毛我了。

我氣沖沖地走出辦公室，滿腦子想的都是該怎麼整死她。一不注意，就在總經理辦公室外轉角撞上了人。力道太猛，我整個退後了好幾步，但還是狼狽地跌坐在地上。

我很痛，抬起頭看，不是要罵人，而是想道歉，我知道在走廊上橫衝直撞是我的錯。但當我看到被我撞的人是那個朱季陽，對不起這三個字我連「對」字都說不出口，朱季陽撫著自己的左肩看向我，先是驚訝，隨即恢復原本冷冰冰的表情。本以為他又要酸我什麼，結果他一句話也沒有說，就往我走來。

然後從跌在地上的我身上跨了過去。

對，我像是一顆擋在地上的石頭，也像是設置在跑道上的柵欄，他就這樣跨過去。我自己站了起來，拍了拍身上的灰塵，深呼吸了至少七萬次，才忍住沒有再過去揍他一拳。

我回到辦公室，小月剛要開口，我馬上告訴她，「今天都不要跟我說話，也不要轉任何電話給我。有什麼工作都直接 email 給我。」然後關上門。我怕我自己情緒失控。

我說過，那看起來很蠢。

把手機調成靜音，房間內的音樂放到最大，我努力工作，對，我要認真工作，才有錢告死邱太，才能請很厲害的律師去洗朱季陽的臉。

我把酒會流程表設計完成，喝了口咖啡，抬起頭時，朱季陽從我辦公室前走過，轉頭和我對看了一眼。不，我們是互瞪了好幾秒，直到他消失在我的窗前。

我深呼吸了八萬次，跑出去問了小月，指著朱季陽的背影問：「那個人為什麼一直出現在我們公司？」

小月順著我手指的方向看了一眼，「朱律師啊？他就是總經理請來幫他打遺產官司的人啊，剛兩個人開了好久的會，對了他也搬到我們公司樓上……」

「什麼？所以那個工程做得轟轟轟的就是他們公司？」

小月點了點頭，我有一種很不好的預感，非常不好。我轉身回到辦公室，傳了簡訊問莫子晨哪間廟比較靈，我不能再不信邪。

但莫子晨沒有回我，我只能小心翼翼走出公司，希望老天爺可以先放我一馬。一走到公司門口，就看到三石居然出現在我面前，我一臉驚訝。

「妳這表情，我想妳應該是忘了我晚上要請妳吃飯的事。」三石笑著說。

完全正確，這兩天一堆事，我真的忘了。

「這麼好，還來接我？」我走到他面前，吐糟了他一下。

「剛打妳手機都沒有接，想說順路，正要打妳公司電話，妳就出現了，謝謝妳幫我省電話費。走，說好要請妳吃大餐的。」三石幫我打開車門，我笑著坐了進去。

然後他帶我來吃一百元快炒。

「盡量點。」他笑得非常燦爛地看著我。

「你怎麼好意思啊？」

「你看不起一百元快炒？」

「我看不起你好嗎？」我瞪了他一眼，三石不在乎地笑著。

看在他做了這麼多年志工，幫助了不少人的分上，我為了積德也就不計較了。我整整點了十幾道菜，三石感到不可思議。

「大餐嘛！」我笑著說，而且我也真的餓了，今天一整天幾乎都沒有吃東西，我有點虛脫地嘆了口氣。

三石幫我拿了碗筷，放到我面前，看了我一眼，「怎麼了？看起來不太對勁。」

「沒事。」我倒杯烏龍茶給他，幫自己倒了杯啤酒。

「不對喔！妳今天嘴怎麼不賤？」三石開玩笑地說。

「現在要多說好話，多積點陰德，最近不太順。」我說。

「妳謝安婷耶，在妳身上哪有什麼不順，妳看妳一個出馬，物流的事就解決了。明天就可以寄物資到非洲去了，下星期還有一個貨櫃要寄到越南，真的是太感謝妳了。」

三石臉上露出滿足的表情。

聽到這種好消息，我心情也好多了。和三石東聊西聊著，距離上次一起吃飯已經是三年前的事了，他說最近要和長跑十幾年的女友結婚，我說絕對會包一個大紅包給他，畢竟我人生沒有什麼朋友，只有他和莫子晨了。

三石是個很好的男人，但他太專注在自己想做的事情上，當個志工一去就好幾個月，有時候甚至一年，他女朋友就這樣讓他去做自己想做的事。要說到世界偉人，他女朋友也應該要榜上有名。

能夠這樣一直在他身後守著他，也願意把未來交給他，他女友也算是志工吧！如此犧牲奉獻，當然需要一些鼓勵啊！

「妳的臉怎麼看起來腫腫的?」三石指著昨天我被呼巴掌的左臉頰問。

「長智齒吧!」我亂說的。如果講出邱太的事,三石肯定會內疚,畢竟就是因為想談到免費物流才會惹上這件事,我也有問題,總覺得自己沒有做錯事就好,可是這世界上並不是只有我說了算。

因為有很多人,也都想要他自己說了算。

「妳都幾歲了還長智齒。」三石揶揄我。

我也不客氣地伸手打了他幾下,不是情侶間開玩笑說著「你討厭」的撒嬌,是「你真的很討厭」的那種重手,他被我打得咳了兩下。兩個人說說笑笑,時間就是過得特別快,我也不知不覺喝了半手啤酒。

吃完飯,我起身重心有點不穩,三石趕緊扶我坐下,不悅地說:「喝那麼多幹嘛?」

「開心啊!我們很久沒有見了耶。」我說。

「我去開車,妳在這裡等我。」三石說。

「不用送我回去,我想走走吹個風。」喝完酒吹風是最舒服的,我常喝幾杯啤酒就到公園散步,抬頭看星星都特別亮。

「路都走不穩了，還要吹什麼風啊？」三石皺了眉頭說。

「可以啦！快回去陪女朋友啦，又要忙公司又要當志工，拜託你多抽一點時間陪她，別在那裡給我到手了就不珍惜，我謝安婷最看不起這種男人了。」我很認真地說。

三石笑了笑，「知道啦！我會陪她。但是妳真的沒有問題嗎？」他又問一次。

「現在是誰問題最多？」我反問。

三石大笑，伸手摸了摸我的頭，「妳啊！別老是一副無所謂的樣子，難過就說難過，又沒有什麼大不了的。」

我感動地看著他，他笑笑地看著我，我們給彼此一個擁抱，兄弟間的那種。我拍了拍他的背，「不要離婚，我會笑你。」

三石笑了，用手指戳我的頭一下，又確認一次我可以自己離開後才走人。我看著他婆媽的背影笑了笑，轉身想走路散步時，朱季陽突然出現在我面前。

又不是七月，是在陰魂不散什麼啊？

我看著他的臭臉，對，我也沒惹他，是他站在我面前，是他來擋我的路，一整個好像我欠他高利貸一樣。我不想理他，我要往左走，他居然移動步伐擋我，我要往右走，他又繼續擋。

「好狗不擋路，你是沒有聽過嗎？」我雙手抱胸，冷冷地看著他說。

「妳要跟哪些男人鬼混，我沒意見，但妳別動他。」朱季陽威脅我，一副好像我搶了他的男人一樣。

「干你屁事。」我懶得理他，擋在我前面，我不會往反方向走嗎？

我轉身要走，他直接拉住我，不，根本是想把我的手扭斷。我的手很痛，但痛覺被這種不被尊重的感覺給完全掩蓋。我還來不及教訓他，他就先開口罵我，「像妳這種虛榮的女人我看多了，妳知道他快結婚了嗎？別破壞別人的感情，很缺德。」

朱季陽睥睨地看著我，我冷笑了一聲，「我偏要。」我就是反骨，你越跟我叫囂，我就越跟你大聲。

「妳敢！」他更用力地抓住我，我痛得連手裡的包包都拿不住，掉到了地上。我覺得，再讓他多捏個十秒，我下一個要去的地方叫醫院，我需要截肢。

「你覺得我有什麼不敢的嗎？」我笑笑地對他說。

朱季陽放掉我的手，用一種「妳沒救了」的表情看我，「妳這個人真的很糟糕。」

我收起笑臉看著他，這比罵我婊子、賤貨都還要難聽，更讓我不舒服，「你真的認識我嗎？憑什麼說我糟糕？」我淡淡說著。

他冷眼看我，我撿起掉在地上的包包，踩著我在美國 outlet 搶來的名牌高跟鞋轉身離開。我的背影看起來應該還是像婊子一樣，但在我轉過頭的那一剎那，我其實紅了眼眶。

然後邊走，邊強忍住眼淚，畢竟賤貨是不能哭的。

哭了，我就輸了。

第四章

# 我的人生，是要跟你解釋什麼？

一直到進到家門的那一刻，我都沒有哭出來。

我讓自己聽了好聽的音樂，再泡了個舒服的澡，看著自己微腫的臉頰，再看到手腕上紅紅的痕跡。我明明告訴自己，不會再這樣被欺負，為什麼才兩天，我就讓自己受了這麼多傷？

我謝安婷不是那種讓別人好過，自己難過的人啊！

我從浴缸起身，跨出去的那一步，我告訴自己，從這一步開始，我就一定要重生，回到真正的謝安婷，但自我勉勵還沒有成功，我濕淋淋的腳就踩滑了，整個人重重地滑倒在浴室地板上，整整三分鐘，我痛到講不出話來。

然後一個人躺在地板上，哭了出來。

不是因為我痛，而是我第一次感到恐懼。

我會不會就這樣自己一個人死在浴室裡，等到謝安平發現我，我的身體都已經長蟲了。這跟我想像的死法不一樣，我原本認定我會像睡著一樣，死在養老院的床上，然後我的院友們會在我身旁放上鮮花，我可以伴著花香上天堂，絕不是像現在這樣。

我就這樣看著浴室的天花板，流了不知道多少眼淚，直到我感覺到冷，才發現我的手腳可以動了。我先試著緩緩坐起來，卻發現我的腰痛到一個不行，花了很多時間，才扶著浴缸站起來。回到房間，才發現連穿個內褲，都是一種痛到快要往生的狀態。

我的腰百分之百閃到了。

可是，凌晨一點半也不會有骨科和國術館開門，我只能躺在床上，祈禱快點天亮。天是很快就亮了，我行動卻非常緩慢，只能扶著腰緩緩行動。我在鏡子裡，看到了我的動作就跟懷孕的莫子晨一模一樣。

光是把衣服穿好就花了半個小時，任何會用到腰的動作，都使我痛到要哭。好不容易走出門，連搭個計程車，司機都還專程下來幫我開車，「小姐，幾個月啦？要注意喔！」司機大哥好貼心地提醒我。

我只能苦笑，不，我根本笑不出來，因為連笑都會痛。

本想先去醫院，小月卻來電說有份文件需要我簽名，我只好先去公司。

按下電梯關門鍵不到兩秒，電梯門又開了。朱季陽走了進來，我的表情瞬間冰雪公主附身，他的隨身冷凍庫也開了。和我們同電梯的其他路人們突然開口。

「今天電梯好冷。」路人A跟路人B說。

「對啊！怎麼特別冷。」路人B附和著路人A。

兩人一到他們的樓層便走了出去，剩下我和朱季陽，他的手機響起，他很快接了起來，電話那頭的音量大到讓我聽出是個女生。

「我沒時間。」朱季陽冷冷地回應。

女生又在電話裡不知道說了什麼，音調聽起來像是在撒嬌。但他無動於衷，還是很強硬地回答，「請妳自己去。」

我翻了個白眼，是在傲嬌什麼啊？

他掛掉電話，在我身後用冷冷的語氣說：「我講我的電話，妳翻什麼白眼。」

我才發現電梯門的倒影，映出了我們兩個人。然後我們在互相看著對方的倒影，

「我翻我的白眼，跟你講電話有什麼關係？」

我就是想白眼，怎樣？

到了我的樓層，電梯門還沒有開完全，我就走了出去，一大早真的有夠穢氣。我扶著腰用著孕婦般的姿勢走進辦公室，同事臉上充滿問號。我轉頭一瞪，他們又趕緊低頭繼續工作。

奇怪咧，這麼好奇別人的事幹嘛？會讓你有錢嗎？

我忍著痛坐到辦公椅上，小月拿公文給我，擔心地問：「經理，妳還好嗎？」

「不好，我快痛死了。」我邊簽邊回應。

原以為簽完就可以先去看醫生，結果又一堆事接連著處理。所以說，工作是永遠做不完的，正當我在寫新品的新聞稿時，小月突然走了進來，額頭滲了些汗，把一包東西放到我的腰後面。

「幹嘛？」我疑惑地問她。

「經理，妳應該是閃到腰了，我剛才去買了冰枕，妳先冰敷一下，我想妳今天可能得下班才能去看醫生，午餐我去幫妳買就好。」小月貼心地說。

我好感動，有點想哭，我一定是生理期快來了，這麼感性。

多謝小月的冰枕，才稍微緩解了痛感。但只要用力或動作過大，還是會痛到有想殺人的衝動。就這樣熬到下班，走到公司門口伸手想攔計程車時，老爸的電話就來了。

「跟謝安平說，明天晚上七點在××飯店的中餐廳。」武雄電話一來，又把我當傳聲筒。

「爸，你幹嘛突然要幫哥介紹女朋友？他又不缺女人追。」我真的不懂，明明冷戰了這麼多年，現在突然要幫他安排相親，是哪根筋想到要抱孫子啊？

武雄不許我回反駁，「妳別管，把人給我帶到就對了。別讓我為難，這可是我移民加拿大的好兄弟的掌上明珠。」

我冷笑一聲，「掌上明珠，爸，你現在是在演哪一齣？情深深雨濛濛喔？我也是你的掌上明珠啊！你怎麼不幫我介紹？」

「妳少囉嗦，記得叫謝安平去。」

「爸，你不要逼哥。」我幾乎是用拜託的語氣說出這句話。我不希望爸要哥做他不想做的事，使兩個人之間的裂痕更大。生命中最重要的兩人不停對立，這讓我很難過，雖然我從來沒說。

我可以看得很開，是為了不讓我自己難過，但武雄和謝安平的爭執還在進行，這是現實，我無能為力的事實。

武雄沉默了一會兒才又開口，「還是我親自逼他？」

好，用這種方式威脅我，果然是我爸，完全打中我的弱點。

我不想回答，因為武雄根本沒給我回答的機會就直接掛我電話。這種夾心餅乾的工作，就只有五個字，吃力不討好。

我不希望他們的距離越來越遠。

另外，也更不能給謝安平掛我電話的機會。我直接傳簡訊給他，為了武雄，我對謝安平說了個美麗的謊，告訴他明天要帶我男朋友給他看。只有這個時候，謝安平會無條件赴約，果不其然，我的手機螢幕上出現謝安平傳來的三個字：明天見。

希望他會懂我這個妹妹的身不由己。

又要伸手攔車時，總經理跟朱季陽一起從公司大樓裡走了出來。我很想當作沒看到，但總經理已經和我對上眼，我只能維持平常的樣子，和總經理打招呼。

「總經理。」我眼裡只有總經理。

總經理居然給了我一個燦爛的笑容，「要下班啦？」同時向朱季陽介紹著，「這位是我們公司的公關經理謝安婷，人漂亮工作能力又好。」朱季陽連客套話都不說，仍是那個我欠了他幾百萬的表情。

律師當不夠，順便放高利貸嗎？

總經理為我和朱季陽互相介紹完，發現氣氛很乾，便找理由離開，「朱律師，這次真的很感謝你，才能這麼順利解決。家裡還有事，我得先回去，找一天再一起吃飯。」

朱季陽謙虛客套地說：「別這麼說，應該的。」

做作。

「謝經理也辛苦啦！早點回去休息。」

我也不輸朱季陽的做作，趕緊跟著奉承，「謝謝總經理。」

總經理一離開，我們一個向左，一個向右，像完全沒有交集的線一樣離開彼此視線。突然，有個人拿了桶水往我的身上潑了過來。我嚇了一跳，還沒有反應過來，過了兩秒才意識到，我又被打了。

可是我的腰很痛，我完全沒有回手的力氣。

原本一直落在我身上的巴掌停住時，我才抹去臉上的水痕，睜開眼睛看清楚到底打我的人是誰。

是邱太，被朱季陽抓住的邱太。

「不要臉，昨天還敢跟我老公吃飯開房間，賤女人！妳去死！」

她說完，又要衝過來打我，但是被朱季陽拉著，「邱太太，請妳冷靜一點。」

我走到邱太面前，冷冷地對她說：「妳可以問你的律師，我昨晚是跟別的男人在一起好嗎？」我轉頭看了朱季陽一眼，邱太也看著朱季陽，朱季陽點了點頭。

邱太愣了一下，隨後又開始潑婦似地罵我，「那又怎樣，妳也是我老公的小三之一，我還是要告妳。」然後轉頭對著朱季陽說：「朱律師，幫我告死她們這些狐狸精。」

朱季陽看著邱太，正要開口，被我不小心打了個岔，「妳盡量，我也要告死妳這種仗著有錢就以為了不起，伸手就打人的死貴婦。」

邱太被我罵得惱羞成怒，伸手就把我推倒。我坐在地上，痛到覺得今天就是世界末日，想動卻動不了。然後聽到朱季陽指責邱太太，「邱太太，有事好好說，妳有任何證據都可以提供給我，我們採取法律途徑，妳怎麼能這樣直接動手？」

「動手又怎麼樣？我都還沒有動刀還動槍，已經很客氣了！」邱太理直氣狀地反駁朱季陽的話。

「邱太太，如果妳的態度一直是如此，那恐怕接下來的案子要請妳找別人了……」朱季陽冷冷地說。

「連你也被這狐狸精給迷住了嗎？沒關係，你不接我的案子，多的是別人要接。給你面子，你還以為你這小事務所能供我這尊大佛嗎？」接著我就聽到高跟鞋踩在地上漸漸離去的聲音。

我只能閉上眼睛，等待痛覺慢慢過去。當我再次睜開眼，朱季陽的臉就在我的眼前，距離不到三十公分。我嚇了一跳，又扯到腰痛的地方，狠狠地皺起眉頭，「笑話看完了，幹嘛還不走。」

「有辦法起來嗎？」他問。

「你現在要關心的不是我能不能起來，應該是要去追你跑掉的大客戶。畢竟你的小事務所可能缺她這一大筆生意。」要是害他事務所關門，我謝安婷怎麼擔得起。

「應該是沒有什麼大礙，反正嘴巴還這麼厲害，我看是不需要我幫忙了。」朱季陽語氣很酸地說。

「從來就不需要。」已經這麼狼狽地倒在地上了，自尊心可不能跟著狼狽。

「隨便妳。」朱季陽撂下這句話，我就只聽到他的腳步聲離我越來越遠。

沒關係，這個世界上能依靠的本來就只有自己，再怎麼痛，就是要自己爬起來。

當我忍痛坐起身，一台輪椅出現在我眼前。朱季陽走到我旁邊，把我扶了起來，讓我緩緩坐上輪椅，從輪椅後頭拿出了便利商店的毛巾丟給我，「擦一下頭髮。」

「不是說隨便我？」真心覺得這個人很莫名其妙。

朱季陽沒有理我，撿了我散在地上的東西放進我的包包，然後把包包掛在他身上，又是冷冷地對我說：「我只是幫路人清路障。」

全世界的路人都要感謝他，他是我看過最會為路人著想的人，他應該要得一座諾貝爾和平獎。

我瞪著他，氣到說不出話來，他見我拿著毛巾遲遲沒有動作，便直接拿走我手上的毛巾，幫我擦著頭髮。我搶了過來，「雞婆什麼啊！」

他看了我一眼，沒說什麼，就只是推著我往前走。

我從經過的店面玻璃窗看到被推著的我，還有推著我的他，第一次體會到，原來這就是有人幫你推輪椅的感覺。

無論我身旁有沒有人，有很多事我仍堅持自己來。畢竟，兩個人再怎麼相愛，都不可能二十四小時在一起，我們都有各自的生活，我們唯一的交集，就是彼此的愛。

所以生病發燒，我會自己搭計程車去急診，要我半夜打電話給男友叫他載我去看醫生，我不如叫救護車比較快。曾經有一任男友對我說，妳什麼都會，在妳身旁，我什麼都做不了。我告訴他，你只要愛我就好。

但他不懂，所以離開我了。

可是我不會改，我不會因為愛上了一個男人，就讓自己變得失去生活能力。太依賴一個人，最後只會成為他的負擔。

「妳有點重。」朱季陽推我上坡的時候說。

我回過神，開口問他，「少了邱太這個大戶，你公司不會倒吧？」

「我可以接其它要告妳的案子。」他說著，語調輕鬆，聽起來像是開玩笑，但我很意外，他這個人會開玩笑？

我回頭看了他一眼，現在不想對他生氣，畢竟第一次坐在輪椅上被推，我希望留下的是美好的回憶，「其實我可以自己下來走，已經沒有那麼痛了。」

「快到了，剛查了一下前面就有家骨科。」他淡淡地說。

我突然想到一個問題，「這輪椅哪來的？」

「公司大樓旁邊賣鍋貼的老闆借我的。」朱季陽閃過路面坑洞，繼續推著我往前走。

我愣了一下，想起每天上班前經過的鍋貼店，老闆和他老婆總是親切地招呼客人，有時候還會喊我妹妹。之前，一旁總有個老爺爺坐在輪椅上和客人聊聊天，但老爺爺上個月過世了。

嗯，這是我和老爺爺最接近的一刻。

我不害怕死人，我也不怕鬼，畢竟受過那麼多活人的折磨，那些不會動的人，那些沒有形體的鬼魂，有什麼好怕的？

這世界上，有些人比鬼可怕。

進到骨科，我緩緩從輪椅上下來。我真的要掌自己嘴，什麼已經沒有那麼痛了，根本痛到我想直接躺在地上，大卡車要壓我我都不會走，反正兩種死都是痛死。

我痛到眼眶莫名紅了，相信我，我真的沒有打算要哭。

朱季陽想扶我到一旁坐下，我死都不肯，坐下跟站起來，是我目前人生最大的困難。他淡淡地看了我一眼，便拿著我的包包去幫我掛號填資料，然後回到我旁邊。

沒話可說，我們都覺得尷尬，吵架好像比較適合我們。

他突然拉起我的手察看，手腕上有淡淡的瘀傷。他用冷冷的語氣問我，「這是……

昨天被我拉傷的嗎？」

拜託，這位先生，你的傑作，你在跟我臭臉什麼，昨天忘了去驗傷，應該連他一起告才對。我掙開他的手，很不客氣，「對。」

「對不起。」他突然道歉。

好了，我更尷尬了。我就吃軟不吃硬啊！

沒有回他話，剛好護士小姐走出來喊了我的名字。我緩緩走進診間，醫生看著我，慈祥地笑，指著一旁的看診椅說：「謝小姐嗎？來，坐。」

我才要開口，朱季陽就先說了，好像在搶答一樣，「醫生，她不方便坐，可以站著就好嗎？」

我轉過頭看他，他也看著我，再次尷尬。

診斷後的結果，就是我的腰真的閃到了，而且還滿嚴重的。醫生拿了一條醜不拉嘰的護腰給我，「這幾天最好都一直戴著。」

我拒絕，除非今年重新流行馬甲束腰。

但朱季陽二話不說，直接拿過護腰就幫我繫上。我們的距離太近，近到我都能聞到他身上淡淡的肥皂香，不是沒有聞過男人身上的味道，但此刻，他真的很香。

「會不會太緊？」他邊調整邊在我耳旁問著。

我喉嚨好像卡到痰一樣，「不、不會。」

繫好後，他滿意地看著我，像是在看他親手綁好的東坡肉。護士小姐拿了個大針筒走到我身旁，「謝小姐，幫妳打個針，可以緩解疼痛。」

我點了點頭，面不改色地看著那跟牙籤差不多粗的針頭陷入我的皮膚裡。護士小姐的技術非常好，讓我不痛不癢，我收回朱季陽應該得諾貝爾和平獎的話，這位護士她更有資格，被她打過針的人，心裡都一片祥和。

「好了，稍微揉一下就可以。」護士小姐微笑地對我說。

「謝謝，讓妳打針的人很幸福，都不會痛。」我真心讚美，護士小姐很開心向我道謝。

我媽常說人美說話也要美，會講好聽話的人，就會特別漂亮，可能我仗著自己本來就美，所以很少講好聽話，對我來說，實話才是好聽話。

可惜，現在的人都不愛聽實話。

不知道是不是打針的關係，腰痛很快舒緩了一些。等拿到藥之後，我走起路來也好了很多。

朱季陽不知道什麼時候推著輪椅到我面前，對我說：「上來。」

「不用了，我可以自己走。」我從他身上取回我自己的包包背著，率先走出診所。

然後我一直走在他前面，我們一句話也沒有說。本來就是緊張的關係，我很難回過頭去跟他聊。很難對他說出欸今天天氣不錯，還是你肚子餓嗎？要不要一起去吃飯？我們真的沒有那麼熟。

一路回到鍋貼店，把輪椅還給老闆，我伸手想要攔車，朱季陽在我身後說了一句話，「妳應該不缺人家接送，為什麼要自己坐車？」

本來還想說他這麼幫我，我連一句謝謝都沒對他說，真的滿下流的。但他講這句話更下流，我想，不只是他，有很多人都會覺得，妳條件好就有人追，有人追就有免費的工具人可以用。我的確享受被追求的感覺，畢竟哪個女人不喜歡被呵護？發自內心呵護我，跟開口指使別人呵護我是兩回事。

要求別人，這種事我是不會做的。

我再送了他一個白眼。

「妳要不要順便去看個眼科？」他又開口酸我。

「你才要去檢查顏面神經科。」治治他那面無表情的臉。

我伸手一揮，計程車來到我面前。我坐了上去，連再見兩個字都不想說，我總覺得和他的各種相遇，都讓我不安，這個人是我的業障。

生活夠累的了，自找麻煩才是真的犯賤。

回到家，我看著手機螢幕裡的各種通知，還有幾通未接來電。這就是我的生活，我沒有所謂的打卡上下班，身為一個品牌公關，隨時隨地要注意網路上的資訊，永遠都在處理問題。但我熱愛這份工作，當你不停地面對挑戰，你就會發現，很多別人以為的大事，其實對你來說都是小事。

打開電腦，把工作告一段落，我再聽了一次錄音筆的內容，沒忘記要找一個律師，好和邱太打官司。我從來就不是什麼寬容的人，你對我好，我就對你好，你對我壞，那我也只能這樣對你。

很公平。

但律師名單真的看得我頭昏眼花，只好選了一個名字看起來很厲害的律師，李得勝，你得勝。寫了封email過去詢問，才洗了個澡出來回到電腦前，就得到回信了。約好後天下午到律師事務所聊聊後，我心滿意足地去睡覺。

難辦的事，就慢慢辦，總是會有完成的一天。

隔天我戴著護腰到公司，當然免不了又是一陣指指點點。但我想一定不是因為護腰的事，而是昨天下班在公司前的那一場鬧劇又傳開了。習慣就好，反正別人的眼光，是別人的事。

一到辦公室又找不到小月，我直覺走到行銷部，就看到她趴在地上裝訂東西。地上擺滿了企畫書，大家都忙來忙去，就美玲一個人又坐在電腦前看著螢幕痴痴笑。有些人就是改不了吃屎。

說他們是屎都污辱了屎。

美玲太過專心，完全沒有注意我向她靠近。我直接走到她背後，螢幕上的胡歌帥氣得不得了，字幕正說到梅長蘇的使命已經完成，我想她在公司的生命也要結束。

我不管別部門的事，但美玲就是要讓我破例。

我伸手就把她的喇叭音量調到最大聲，讓大家一起聽聽《琅琊榜》有多精彩。美玲嚇了一跳，大家也嚇了一跳。我瞪著美玲，她一臉心虛，我冷冷地對她說：「大家在忙，妳在看電視劇？」

美玲低頭沒有說話，我轉頭對小月說：「去叫總經理來。」

小月愣了一下，十分為難，我瞪了她一眼，她馬上小跑步離開。現場一陣安靜。

「做自己該做的事。」我抬頭看了大家一眼，大家馬上低頭繼續忙著。

美玲急著想關掉電腦，我直接拉住她的手。原本心虛的她居然開始瞪我，「再瞪，把妳眼睛挖出來。」我用只有美玲聽得到的聲音，冷漠地說。

她嚇了一跳，收回不客氣的眼神。

總經理走到我旁邊，聽著台詞，又看到美玲的電腦螢幕，也知道發生了什麼事，但他看著我，似乎想當說客。

我沒給總經理機會，直接開口，「總經理，我知道美玲要叫你一聲姑丈，靠關係進來公司沒關係，有背景的人就是比外面失業的人好運，但能繼續留在公司靠的是能力，最少還要努力，請問美玲現在做到了什麼？」

總經理尷尬又生氣地看著美玲。

「我本來可以睜一隻眼閉一隻眼，行銷部又不歸我管，但是一直叫我的助理來做她的事，我就真的沒辦法當作沒看到，總經理應該也不會當作沒看到吧？」

開。

總經理看了我一眼，對美玲說：「妳給我進來。」美玲委屈地跟在總經理後頭離

怎麼好意思露出這種表情，妳到底有什麼好委屈的？因為妳的懶惰，而必須分擔妳手裡工作的同事才要委屈好嗎？

如果只想逛網拍、上ＦＢ、看電視劇，我建議她離職回家躺在床上滑手機，那會更舒適。何必委屈地調低音量，縮小視窗。

小月蹲下去繼續裝訂，我站到她面前，「這是我交代給妳的工作嗎？」

她愣了一下，搖搖頭。

「那妳在這裡幹嘛？是要我提醒妳幾次，妳現在是在公關部，不是行銷部，需要罰寫三千次妳才會銘記在心嗎？」比起美玲，我更氣的是小月。明明就跟她講過要拒絕，不敢拒絕就把事都推到我身上。

有我這種婊子當靠山，她真的很不會好好利用。

小月急忙站起身，拿了自己的東西就跑回公關部。我看著行銷部的同事，真心同情他們有美玲這種豬隊友。

當主管縱容一個偷懶的員工，就會傷害到團隊的士氣，主管還自以為宅心仁厚，殊

不知這是對真正努力的員工殘忍。

我經過總經理室，和剛好抬頭的總經理對上眼，總經理慌忙地移開視線，我只能抱著一點點的期待，希望總經理不要為了自己的親戚對其他員工殘忍，畢竟人家也是有父母的。

我回到辦公室，要小月訂些蛋糕和咖啡送到行銷部，給他們壓壓驚。我知道季末他們是最忙的時候，但人要懂得捍衛自己的權利，因為美玲是總經理的親戚就姑息養奸，忙成這樣也不能怪誰，就只能怪自己。

我坐在椅子上，邊工作邊等總經理會做出什麼讓我失望的決定，這我都有心理準備，不然怎麼會說「有關係就是沒關係」。所以，不要嫌家裡有錢，也不要恨自己長得漂亮。

老天爺特別給你的，就只有感恩兩個字。

我抬頭，看到美玲紅著眼眶經過我辦公室的落地窗前，隨後就聽到電腦傳來郵件通知，收到了一封抬頭是人事異動的內部信件。我點了進去，內容是公告美玲降職，免除她組長的位置，本年度考績分數再扣二十分，考績是會影響年終獎金的。

我意外總經理的好表現，打了分機給小月，「給總經理訂杯八寶茶送進去。」這是我的一點點心意，希望他繼續保持公私分明，更希望美玲真的可以好好得到一次教訓，別再繼續招惹我的助理，否則下次我會做出什麼事情來，我自己都不知道。

可能是事件有個完美結尾，我整天心情都很好，任何工作上的疑難雜症對都很順手地解決。正準備下班回家好好休息時，武雄的來電又把我推入無間地獄。

我都忘了今天要帶謝安平去相親。老爸武雄再三叮嚀，晚上要想辦法把謝安平帶到飯店，連桌號都訂好了。

「把你哥看好，別讓我對人家失禮。」武雄繼續說。

我受不了地回應武雄，「你就知道哥是不好控制的人，為什麼要強迫他，然後再來擔心對別人不好意思？爸，你一向不是這樣的人啊！」

「少囉嗦，我沒管過你們什麼，你媽說要讓你們活得自由，但就他結婚這件事，我一定要管。」武雄不知道在氣什麼，難得大聲對我講話。

「爸，那媽有跟你說過，話要好好說嗎？」我也生氣了。

這句話是媽的口頭禪，小時候哥只要惹爸生氣，兩人吵架瞪來瞪去，情緒一激動時，講話在比誰更大聲時，媽總會躺在她的老位置上淡淡地說：「話要好好說，對方才會好好聽。」

然後爸和哥就會瞬間冷靜，各自消化自己的情緒，爭執就會消失。我在想爸和哥最後一次大吵會這麼嚴重，應該是媽不在的關係。如果她還活著，那現在會是怎樣？

武雄在電話那頭沉默了一下，語氣和緩了些，「把事辦好，結束給我電話。」

我掛掉電話嘆氣，拿了包包要離開公司時，在走廊碰到美玲。她抬頭瞪著我，用眼神罵了我一句婊子，我笑笑地向她說再見。

不知道檢討自己的人，絕對會吃第二次虧。

我坐在公車上，撥了電話給謝安平，「晚上不要忘了，我有訂位了，在Ａ11桌，如果你先到就先等。」我盡量講得自然一點，但其實我很心虛，我這輩子最不想騙的人就是謝安平。

畢竟和我在媽媽肚子裡待最久的人就是他了。看在這點情分上，我對謝安平的容忍度是全世界最高的。

「知道了，別帶亂七八糟的人來給我看，不要忘了我是會走人的。」謝安平笑著說。

我當然知道，而且永生難忘。那次介紹了一個還在攻讀博士的男友給謝安平認識，男友只不過說了希望結婚後安婷可以在家顧小孩就好。謝安平整個人暴走，對男友說：

「難道我妹出生是為了幫你顧小孩的嗎？」

回到家，謝安平差點沒有用刀架在我脖子上逼我跟那個男友分手，「有什麼好在一起的？他要毀了妳人生耶！」

是有這麼嚴重嗎？

後來和這個男友在一起並不愉快，他的控制慾讓我無法呼吸，連分手也分得不愉快，後來謝安平更嚴格挑選我的男友，基本上能入他眼的，都是不錯的男人。

只是，時機都不太對，所以走不到最後。

換我再三叮嚀謝安平，要他不管看到誰都要收斂脾氣。但他直接掛我電話，我有點不安心，怕他當場對著老爸好友的千金發火，我按了下車鈴，轉搭計程車，往飯店方向前進。

唯一能控制我的人，也就只有家人了。

到了飯店門口，我掙扎著要不要進去，畢竟如果謝安平沒對千金發火，就會對我發火。要讓他在大庭廣眾下罵我賤嗎？我真的很猶豫。

「有什麼可以幫妳的？」我一回頭，是那天像仙女的飯店員工，白明怡。她也認出我來，給了我一個仙女般的微笑。

我如痴如醉，覺得如果謝安平不愛千金小姐，我會很樂意叫我眼前的這位仙女一聲大嫂，「妳單身嗎？」我忘情地問了出來。

她笑了笑，「我要結婚了。」

一陣扼腕，「沒辦法喊妳一聲大嫂有點可惜。」我真心地說。

她笑了笑，「今天是來住宿還是吃飯呢？」

很難跟她解釋，只能隨便給了一個答案，「晃晃。」她看得出來我眉間的無奈，便客氣地說：「如果需要我帶妳晃晃，歡迎隨時到櫃檯來找我。」

我點了點頭，看著她輕飄飄優雅地離開，也難怪朱季陽那天會和她聊得這麼開心，遇到這麼美的女生，逮到機會怎能不多聊個幾句，美麗的東西原本就特別養眼。

我走進餐廳，要服務生給我一個最遠的角落，水潑不到的地方。

「呃……」聽見我的要求，服務生愣了一下。

「算了，沒事，坐哪都可以。」我說，反正謝安平應該不會朝我潑水，是會直接把水杯往我砸過來。

我躲在菜單後，沒多久，就看到服務人員帶著謝安平走到位置上。謝安平帥氣地拉開椅子坐下，他不是有耐心的人，我知道他下一秒就是會撥電話給我，我急忙把手機調成震動時，電話來了。

當然不能接啊！我只能任由電話一直震動。

謝安平皺了眉頭，光看他的表情，我就知道他心裡在想「居然敢讓老子等」，這點心電感應，我和他還是有的。

我左右張望，希望老爸好友的千金快點來，更希望他們可以相談甚歡，這樣就是happy ending。我再次回過頭時，就看到一個女孩坐在謝安平面前，而她旁邊竟是朱季陽，一樣臭著一張臉。

這是什麼情況？

那個女孩長得非常甜美可愛，一頭染了金黃色的長捲髮，紮了條辮子，皮膚又白，穿著波西米亞風的短洋裝，腳踩著最新一季的流蘇涼鞋，好像一個洋娃娃。但到底有沒有滿十八歲啊？

老爸為了自己兒子，要把小女孩推入火坑，這樣好嗎？

千金小姐勾著朱季陽的手，對謝安平笑著，但那笑容有點挑釁，而謝安平表情也不是很好看，重點是朱季陽竟也一直瞪著謝安平。我突然想起那天朱季陽撞見我和謝安平開房間的事。

他不會是誤會什麼了吧？

因為坐得太遠，再加上餐廳是挑高的空間，我完全聽不到他們在講什麼，只能用眼睛讀唇語。氣氛看起來很緊張，謝安平沒有說任何一句話，過了一會兒起身就要走人，結果他一轉身，便和我對上眼。

我急忙低頭用菜單擋住自己。

可惜沒有用，因為三秒後，我看到謝安平的騷包白皮鞋出現在我的眼前。我緩緩放下菜單，謝安平瞪著我，我只能乾笑帶過。希望他看到這麼美麗的妹妹的臉，能夠放我一馬，但我想太多了，畢竟他每天看著自己的臉，對我的臉也無感了。

謝安平出聲嗆我，「謝安婷，我要跟妳斷絕兄妹關係。」接著轉身離開。

我急忙起身想要追出去，卻撞到了服務生手上的熱湯。湯全灑在我身上，但幸好我有厚厚的護腰。

希望可以推出時尚一點的護腰，這樣我願意一直腰痛。

撞擊力有點大，我覺得我的腰又要再一次靠到地板上時，有堵人牆擋在我後面，使我安然無恙地站在原地。倒是服務生跌在地上，我著急地想去扶她，完全忘了腰痛，忘情地一彎腰，我痛到叫了出來。

朱季陽嘖了一聲，從我背後走了出來，走到服務生面前扶她一把。我向服務生道歉，餐廳經理也跑了過來做了後續處理，確認我沒有燙傷後，終止了一場小風波。

離開餐廳，走到飯店大廳，我拿下濕淋淋的護腰，朱季陽突然走到我面前，冷冷說了一句，「妳真的是事故體質。」然後把他的西裝外套脫下來披在我身上，再拿走我手上的護腰，「在這等一下。」接著就看他走掉了。

等什麼啊？莫名其妙。

「妳是誰？」千金小姐突然出聲問我，我才想起有這個人。

語氣夠嗆。

我轉過頭看著千金小姐，也難怪年輕就是本錢，皮膚好成這樣。想想我幾年前也是吹彈可破，「干妳屁事。」我說。

就說了，我吃軟不吃硬，如果她好聲好氣叫我聲姊姊，我會考慮告訴她。

她也一臉不以為然，「我叫官敬雨，朱季陽是我的男人……」

喔，然後呢？

第五章

# 除非我肯，不然沒有人可以傷害我

我看著官敬雨笑了笑，只有小狗才會畫地盤、做記號。我忍不住伸手摸了摸這可愛的小狗，不，小女孩。

官敬雨生氣地拍掉我的手，「妳幹嘛？」

「覺得妳很可愛。」我說。

她理所當然，「這還用說嗎？」

我的自信心跟她相比，簡直是小巫見大巫。

「妳和我的男人是什麼關係?」官敬雨打量著我繼續問。光是她會問出這麼單純的問題,就知道她大概沒有什麼戀愛經驗。但這個問題滿難回答的,說朋友稱不上,說敵人稱不上,說陌生人也稱不上。

「不知道。」我很誠實。

官敬雨生氣地回應我,「什麼叫不知道,哪有不知道這種關係,好,反正不管你們什麼關係,妳只要記得朱季陽是我的男人就好。」

我笑了笑,「那妳還問屁啊?」

官敬雨表情一變,想說話來反駁我,不過她涉世未深,想要罵我,拜託去旁邊排隊。我懶得理她,幸好她的男人回來了,不然她想破腦袋都罵不了我。

朱季陽遞了個紙袋給我,「先把衣服換掉,免得感冒,飯店幫妳送洗護腰了,會寄到公司給妳。」

我接過紙袋,官敬雨馬上勾著朱季陽,逼死人地問著,「季陽哥,她是誰啊?你們到底什麼關係?為什麼你要對她這麼好?」

如果連這麼明顯我都看不出來,我不就是白混的?

什麼她的男人,是她追不到的男人吧!傻孩子。

我從不同時問男人兩個以上的問題，不是怕他們煩，是不希望自己看起來像個煩人精。我很想給官敬雨一點建議，但光是她看我的眼神怨氣這麼重，我覺得我還是不要多管閒事，干我屁事。

朱季陽冷冷地看了她一眼，「問這麼多幹嘛？我都還沒問妳為什麼騙我來陪妳相親！」

官敬雨急忙解釋，「我也不願意啊！我爸硬叫我來，我又沒有相親過，我會怕啊！如果那個男人對我不懷好意怎麼辦？」

「妳放心，他的眼光沒那麼隨便。」居然當著我的面罵謝安平，是嫌命太長嗎？長得再討人喜歡，我都不會客氣。

朱季陽上下打量我，「是嗎？」

我想他又誤會了什麼。懶得再聽下去，我轉身走到洗手間把上衣換掉，再走出來時，官敬雨擋在廁所門口，看起來好像等了我很久的樣子。她嘟著嘴巴，明顯十分不悅，畢竟喜歡的男人幫別的女人買衣服，她肯定恨不得是她自己被湯灑到。

「妳不可以靠近朱季陽。」這是我這輩子聽過最爛的警告，一點威脅感也沒有。

看她氣急敗壞的樣子，我並沒有生氣，反而很欣賞她的坦白，這麼努力喜歡一個人的樣子，其實跟我很像。

「妳幾歲了？」我一邊補著口紅邊問她。

「我今年已經二十一歲了！」她的語氣聽起來，好像她三十歲了一樣。

女人的每個階段，都有那個時期最美麗的樣子，稚嫩裝老成，就像小孩穿大人衣，不合身。老成要再裝嫩，身上都是歲月的痕跡，也不合宜。

我笑了笑，看著鏡子裡的自己，確定妝容沒有問題，收起口紅，走到她旁邊，「放棄吧！妳不是朱季陽的菜。」

以他這種行動冷凍庫的個性，他只適合去寺廟吃素菜。

「那妳就是嗎？」官敬雨十分不服氣。

「我也不是。」他不會喜歡我，對他來說，我只是個愛惹麻煩又愛慕虛榮的女人。

「我不管，所有女人都不可以靠近季陽哥。」官敬雨又在朱季陽的身上撒尿了。

看她倔強的樣子，我實在忍不住想逗她，「如果我說我偏要呢？」我微笑地看著她。

官敬雨似乎深受打擊，說不出話來。我實在很想再陪這個可愛的妹妹玩一下，但現在真的不是時候，我得要趕去找謝安平，畢竟他就我這麼一個可愛的妹妹，我怕他以後老了沒有人照顧會後悔。

我沒有再理官敬雨，從洗手間走出來，她追在我身後，不知道還想跟我說什麼。但姊姊很忙，姊姊有個脾氣很大的哥哥，我沒時間管她要怎麼愛朱季陽。

一走到大廳，竟看到三石站在那裡和朱季陽說話。

我愣住了，然後我後頭的官敬雨竟直接跑到三石面前，還抱住他，甜甜地喊了他一聲，「哥，你怎麼來了？」

哥？

我努力回想三石的本名，畢竟綽號叫了十幾年，突然用本名真的讓我不知所措。三石好像叫什麼敬磊的，就是覺得拗口，才直接拆他名字的最後一個字，直接叫三石。

好像迴光返照一樣，我想起了三石本名叫官敬磊，瞬間又想起曾聽過他說，他還有一個跟他差了很多歲的妹妹。

不是吧！這麼巧？

三石在和她笑鬧之間，發現了我，驚訝地朝我走過來，「安婷？妳怎麼在這裡？」

我在心裡苦笑，我也很想知道我幹嘛在這裡，兩個小時之前，我搭公車直接回家不就好了？

三石沒有等我回答，開心地拉著我，走到朱季陽和官敬雨面前，「跟你們介紹一下，這是我認識十幾年的好朋友，也可以算是好兄弟，謝安婷，也可以叫她Anna，這次志工隊那裡的免費物流，就是她幫我談到的。」

官敬雨很吃驚，而嘴巴微張的朱季陽嚇到的程度已經不是吃驚，是像吃屎了。人生不必多做解釋，該知道真相的人，老天爺會用各種方法讓他知道，活著的樂趣就是期待這種場面。

再誤會我啊！

我對朱季陽笑了笑，他表情僵硬，看得我心情爽快。

三石繼續介紹，「安婷，跟妳介紹，這是我妹，最近剛好加拿大放假，跑回來台灣玩，這位是我的好朋友，朱季陽。」

「我認識。」我說。

三石一臉好奇，「怎麼會？」

「因為朱大律師的客戶想要告我，再加上各種陰錯陽差就認識了，而你妹剛才在女廁放話要我別跟她搶男人，所以印象深刻。」此時不報仇，什麼時候才能報。

很想幫朱季陽闔上嘴巴，但我想多看兩眼他吃屎的表情，實在太好笑了。好想對他說一句，你看看你。

官敬雨馬上裝作若無其事，「我哪有，我是看安婷姊姊漂亮，想跟她說說話啊！等等，這姊姊叫謝安婷，那剛剛那個跟我相親的謝安平是？」

「我的雙胞胎哥哥。」我說。

三石驚呼，「這麼巧。」

朱季陽打過那麼多官司，可能沒有打過自己的臉，看到他臉腫腫的，我的心情真的很好，「我不知道妳和敬磊是朋友，上次對妳不禮貌，我向妳道歉。」他突如其來的道歉，真是折煞了我。

「不用。」我說。

好好記住一件事，你看到的事實，永遠只有你想到的三分之一。

三石好奇地看著我和朱季陽，「發生什麼事了嗎？」

我和朱季陽同時搖了搖頭。

「敬磊，我好了。」一道溫柔又熟悉的女聲傳來。我們同時轉頭，我看到了那位名叫白明怡的仙女走向三石，三石牽起了她的手，驕傲地對我介紹。

「妳常說的天使，我未來的老婆，白明怡。」

好了，地球小到我很想翻臉，能叫大嫂的機會，結束在這一秒。

為了這種種巧合，三石開心地約大家一起吃飯，我開口想要拒絕，但明怡熱情地對我說：「一起嘛。」

我真的不知道，為什麼明怡只對我說了三個字，我就忍不住點頭應好。

不過，現在我寧願在家吃泡麵，也不要答應三石一起來吃什麼麻辣鍋。看著三石和白明怡兩個人在那裡你儂我儂，再看著官敬雨殷勤侍候朱季陽，我比桌子上那鍋爐子還沒有存在感。

明怡夾了塊豆腐給我，「敬磊常跟我提到妳，謝謝妳的幫忙。」

我笑了笑，「我沒有幫他，是幫那些需要幫忙的人，我只是利用他而已。」

「利用得好。」明怡對我眨眨眼。這麼好的女生，配三石真的……不可惜。不得不說，兩個人真的很搭，他們之間的情感流動不是開玩笑的，一個眼神、一個動作，萬分默契。

「季陽，你的客戶怎麼會要告安婷？」三石突然問。

朱季陽似乎是想要解釋，我直接在桌下踩了他的腳，他馬上閉嘴。我趕緊出聲，「這種事我又不是第一次碰到，你也知道，人長得美，就容易被誤會啊。不過朱律師好像不接她的案子了。」

我對朱季陽使了眼色，他點了點頭，「嗯，不接了。」

吃個飯差點沒害我胃痛，「我去一下洗手間。」離開位置，我整整在廁所坐了十分鐘才出來，一走出來就碰到朱季陽。

「幹嘛？」我問。

「以為妳腰痛。」他說。

我看了他一眼，警告他，「邱太的事不要告訴三石，我不想因為談到免費物流惹上的麻煩事害他心裡不舒服。」

朱季陽看著我，好像發現新世界一樣，點了點頭。

我瞪他一眼，「不要用這種歉疚的眼神看我，不要因為我做了所謂的好事，才覺得我是個好人。」

人的通病。

朱季陽看著我，像是要把我看穿了一樣，「我不覺得妳是好人，不過，我也不是。」接著轉身離開。

這一刻，我突然覺得朱季陽和我很近。

回到位置上，三石突然問我，「安婷，妳可以當明怡的伴娘嗎？」

我嚇了一跳，當然不可以啊！以我的個性，我比較適合坐在客席上吃東西喝酒，看著主持人捉弄新人。

「我不適合。」我說。

三石和明怡臉上閃過失望，我有點於心不忍，但我真的不希望我搞砸了他們的婚禮。

「妳就幫個忙嘛，原本答應要當伴娘的好姊妹懷孕了，身體不舒服。」三石繼續開口拜託。

我只好開口警告他們，「我脾氣很大耶，我怕牧師囉嗦太久我會翻白眼，也怕這樣東跑西跑，肚子一餓我就會吼客人。我連自己都照顧不好了，叫我照顧新娘恐怕有困難。」

明怡笑了出來，「我可以照顧我自己，妳不要擔心。」接著誠懇地看著我。我無法拒絕，如果今天她問我可不可以給她一顆腎，我會自己走進手術室割給她。

這就是白明怡的魅力。

我無奈地點頭。明怡開心地拉著我的手，三石也感謝地看著我，好吧！只能希望他們不要後悔。

「咦，怎麼沒火了？」官敬雨看了火熄掉沒動靜的瓦斯爐，開始不停地試著轉動開關。

三石出聲制止官敬雨，「妳別動了，叫服務生來處理就好。」

明怡以為官敬雨不會再繼續開火，拿了另一支湯匙要去撈起掉進鍋裡的湯匙時，沒聽到三石交代的官敬雨又開了一次瓦斯爐，火突然轟一聲，冒了出來燒到明怡。她嚇了一跳，急忙縮回手。

三石急忙查看明怡有沒有受傷，官敬雨也不停地向明怡道歉。但我覺得最誇張的是朱季陽，他直接衝到明怡身旁，連椅子倒了都不管，神情緊張，不知所措的模樣，不知道的人會以為他才是明怡的男朋友。

想起了朱季陽那天警告我不可以打三石主意的事。

我突然明白了什麼。

明怡雖然一直說沒事，但三石不放心，硬是要帶她回去擦藥。官敬雨愧疚地跟著走了，只剩我和朱季陽。看他的表情，我想他也吃不下。

「我要回去了。」我說。

朱季陽回神站了起來，拿起帳單走到櫃檯結帳，原先是要拿信用卡的，結果拿成了健身房的會員卡。店員一臉為難，他還沒有發現。我搖搖頭，把他的會員卡收進他的皮夾，我拿出錢包直接付現，一直到離開店裡，他都是恍神的。

「有這麼喜歡嗎？」我轉頭問他。

他的表情很疑惑。

這表示我說得不夠直接，「我說你有這麼喜歡明怡嗎？」

他馬上大反彈，好像我說了不能說的祕密，不能叫那個禁忌的名字。她是白明怡，又不是佛地魔。

「妳別亂說。」他生氣地反駁。

「如果是我亂說，你幹嘛反應這麼大。」我冷冷地回他。

他冷靜下來沒再理我，不發一語地往前走。我跟在他身後，不是我要跟著他，是剛好同方向。

我看著他的背影，想像喜歡的人要結婚，那是什麼感覺？光是想一秒，我就覺得難過，如果是我，早就謝謝再聯絡。我可以祝我心愛的人幸福，但看到讓他幸福的人不是我，我可能會直接戳瞎自己眼睛。

他竟能這樣待在一旁。

突然天空飄起雨來，看著朱季陽的肩上有著雨絲，我替他感到一點點心疼。我真的不是婊子，我其實也是天使。

拿出手提包裡的折疊傘打開，走到朱季陽的身旁。他轉頭看看我，我把傘放到他手裡。

「我不需要。」他的語氣很冷。

「不，你需要的。」我說著，輕拍了他的肩，然後走到街旁攔了輛計程車，車子快速的停在我面前。

上車前，我轉頭對著朱季陽喊著。「朱季陽，我覺得這麼喜歡白明怡的你，滿帥的。」我微笑地向他揮揮手後上車。

我從車窗裡看見他先是愣了一下，然後苦笑，這是他第一次對我笑。

我坐在計程車上，從後照鏡裡，看著朱季陽落寞的身影，我突然很羨慕被他深愛的那個女人。

雖然我不喜歡羨慕別人。

因為我就是個容易被羨慕的對象，外型姣好之外，家裡雖然不是非常有錢，至少還算好過，求學時沒有申請過就學貸款，有一份薪水還算高的工作，讓我能買下屬於自己的房子。但是我爸常對我說的一句話就是，「累了就別做，爸養妳。」

可是像我這種自尊心比天高的人，被養這種事，比走在路上被突然罵賤貨這種事還要令我丟臉。所以我出來工作後，起初還不太穩定的時期，我也寧願一天只吃三片吐司，怎麼都不肯跟家人開口。

後來跟我爸聊到這件事，他就一副似笑非笑的表情，讓我覺得他根本就是太了解他女兒，才會故意對我說那句話，好激起我的勝負慾。

跟謝安平一起出門，路上的女人都會妒嫉我憑什麼可以跟這麼帥的男生走在一起，當然憑我是謝安婷啊！

不過就算我自己出門，也常招惹那種「漂亮有什麼了不起」或是「長得也還好」的眼神。長得美的確是沒什麼了不起，畢竟能有這樣的長相，也不是我自己的功勞，謝謝我媽生下我。

這是我媽告別式那天，我對她說的話。想到我因為別人的糟蹋而傷害自己，讓我對媽媽非常抱歉。這輩子沒能好好當一對母女，下輩子我一定要再當她的女兒。

擁有這麼好條件的我，為什麼還要羨慕別人？

而我今天卻有一點點的羨慕明怡，羨慕她長得比我漂亮，還更討人喜歡。羨慕她能有一段這麼穩固的愛情，還有一個男人不在乎結果，傻乎乎地愛著她。

雨下大了，看著車窗外，希望朱季陽沒有淋濕。

距離我的上一段感情結束，差不多有一年半了。我們分手得很突然，他躺在我旁邊對我說了一句，「我好像沒有那麼愛妳了。」於是隔天，我把他的東西全部寄到他的工作室，就再也沒有聯絡。

我不會去問自己多久沒有談戀愛了，我比較在乎，自己有多久沒能好好愛一個人了。愛人的能力是需要磨練的，會越磨越亮，太久沒有愛一個人，會變得生疏，最害怕的是，開始覺得自己永遠無法愛人。

所以，我們才要不停地去愛啊！

我回到家，換掉淋濕的衣服，洗了個熱水澡後，穿著睡衣坐在沙發上，瞪著桌上的那支手機。

老實說，我現在根本沒有心思羨慕明怡，我還有一個很大的問題叫謝安平。在吃麻辣鍋的時候，我就很不專心地一直傳簡訊給他，但他一直已讀不回，撥電話都直接響到轉進語音信箱。

他的種種行為就是要告訴我，謝安婷，妳死定了！

我看著手機，決定回去睡覺，明天再好好解決謝安平的事。睡飽一點再死，感覺比較不冤枉，反正事情都發生了，除了解決，就是解決。但萬一有一方不想解決的話，怎麼辦？

當然就是等到他想解決的時候啊！

於是我躺在床上，眼睛一閉，就馬上睡著了，而且睡得非常的香，一覺到天亮，還是睡到中午。我一醒來，手機裡有二十幾通未接來電，讓我差點從床上滾下來，我的腰差點再次報廢。

我扶著還發痛的腰，緩慢地下床。或許我這輩子都沒有機會當個孕婦，至少此刻我的動作還滿像個孕婦。活著就是要當神農氏，嚐盡生活百草，體會你的人生味道啊。

對，所以我感謝老天爺，讓我知道腰痛就是這種瀕死的體驗。以後如果有人問我死亡是什麼感覺，我會毫不猶豫地回答他，腰痛。

我先撥了電話給謝安平，因為他是未接來電數量的第一名，有十三通。一接通，謝安平就火氣很大地說：「謝安婷，我只給妳五秒的時間解釋，妳什麼時候開始當丘比特的？這麼愛當丘比特，怎麼不去婚姻介紹所當公關？」

我深呼吸一口氣，「你問這麼多問題，五秒我解釋不完。」

「少囉嗦！我警告妳，不准再做這種雞婆的事！」謝安平最後一句是用吼的。他居然敢對我吼？不就比我早出生三分鐘，吃的鹽也沒有我多，是在跟我拿什麼翹。

「謝安平，你凶屁啊！你以為我想啊？要不是你一直單身，爸會用這種方法安排你相親嗎？我只是幫爸的忙，你不爽就去罵他啊！」我邊扶著腰邊吼回去。

謝安平在電話那頭愣了一下，語氣很差地說：「不要用親情來綁架家人，很過分！」接著就掛我電話。

我瞬間真的很想衝去他公司，拿電腦砸他臉，好讓他清醒一下。但我沒時間，因為武雄來電了。我很清楚，這通電話接起來一定沒有什麼好下場，但不接不行，武雄會打到我接。

「爸！」我試著提高音量，故作輕鬆。

「妳哥搞什麼鬼，為什麼昨天就這樣走人？我對妳官伯伯多不好意思，他千金漂亮又年輕，我可是看過照片的，他是嫌人家什麼？連個招呼也沒打。要不是多年好友，人家會以為我們沒有家教啊！」

果然是父子啊！都不用寫台詞就可以唸這麼長一段，可惜了這麼好的基因，我居然沒有遺傳到。

再這樣唸下去，就要天黑了，我只能開口打斷，「爸，你可不可以不要管哥感情的事，他自己會有打算啊！」

「打算什麼？他就是沒有打算，我才來幫他打算。」武雄說得有夠理所當然，好像一加一就一定會等於二。

我對武雄的執著突然很不能接受，「奇怪耶，你不管哥都那麼多年了，每次跟你說哥的事，你都說不想知道，現在居然吵著要他快點結婚，還幫他安排對象。你可以告訴我到底發生什麼事嗎？」

「妳別問那麼多，要自己兒子早點傳宗接代，有什麼好突然的？過去就是放任他太久，才會讓他變成現在這樣。」武雄越說越激動，好像謝安平不結婚就會去哪裡墮落一樣。

「哥又沒有怎樣。」我也發脾氣了。

「妳照我說的去做就對了，後天我會安排另一個千金……」武雄真的很愛千金來千金去，聽得都煩死了。

「我不要！」我直接拒絕。

「沒有不要這種事，時間我會再跟妳說。」武雄也對我火了起來，不等我回答就掛我電話。

以為這樣就算數了嗎？沒有這回事喔！

明明才剛睡飽，不過講了兩通電話，電力就完全消耗殆盡。我累得很想再去床上睡一下，但不行，我還有更重要的事得做，還得去一趟律師事務所。要告貴婦這件事，是我今年度最重要的大事。

於是我快快地整理好自己。再出門，已經是一個小時後了。沒辦法，誰叫我是腰痛假孕婦。

搭了計程車來到律師事務所，我把錄音筆的內容播放給律師聽，再跟他說明一下當日的經過及相關的來龍去脈。

「成功機率有百分之九十五。」不愧是名叫李得勝的律師，光聽我說完，就知道可以得勝。

「那就麻煩李律師了。」我客氣地說。

李得勝律師摸了摸他圓圓的肚子，勝券在握地看著我，「別這麼說，小官司而已，等訴狀寫完，助理會再跟妳聯絡。」

我點點頭，安心地離開律師事務所。生活不會永遠都不順心，光這是件事，就可以抵掉剛剛那兩通不愉快的電話了。

而且，搭公車前往公司的路上，還有善心的大學生因為看著我扶腰，急忙讓座給我。這世界上，還是會有很多好事發生的。

我買了個三明治，心情愉悅地走進公司，準備應付接下來的工作。但在應付工作之前，我就從總經理室的小窗外，看到總經理夫人那個吹到像半屏山的高角度髮型。我其實很佩服總經理夫人對自己造型的堅持，我覺得這才是時尚的態度。

夫人當然不會閒閒沒事跑來公司晃，這時間她應該是和其他夫人在高級飯店裡吃下午茶。能讓她特意來到公司的理由，也只有我了。第一次見到夫人，是我進公司的第一個星期，她來跟我下馬威，擔心我搶走她老公。

雖然很想叫她回家好好看看自己老公的德性，後來還是覺得算了。反正日久見人心，當她聽到老公回家都在罵我是難搞的瘋女人，她就不會再想那麼多了。而這次她來公司，是第二次。

不用猜也知道她是為了美玲來的。

手一碰到我辦公室的門，小月就想從她的位置衝過來跟我打小報告。我馬上回頭告訴她，「做妳的事就好。」

小月愣了一下，便緩緩退後，坐回自己的位置上辦公。

這小孩就是教不會什麼叫「明哲保身」，這時候當然不能跟我同一陣線啊！最好跟著她們一起罵我，以後日子才會好過。這是辦公室的下水道規則，呆在這樣的地方，要是只有你是香的，就是異類。

「謝經理，好久不見。」夫人的聲音在我背後響起。

我先是在心裡罵了許多髒話，再轉身以燦爛微笑對夫人打招呼，「哈囉，夫人，真的好久不見。」其實，於公於私我們都可以不用見啊！

我看著站在總經理夫人後面的美玲，腦中浮現十幾年前的自己，雖然被欺負成那樣，卻比她勇敢。討不了公道，虧我自己吃，從沒有叫我爸或我媽為我出一口氣。

我想，我媽可能也會說，自己的事自己解決。

關於這點，我很感謝他們。他們從不替我出面，因此讓我明白，生活的所有問題都只能靠我自己，我不會依賴別人。

「昨天我們美玲是不是惹妳生氣了？」總經理夫人抱歉地看著我，我看著她，只想跟她說，肉毒打太多了，左臉太僵。

總經理夫人一講到昨天的事，同事們又開始低頭竊竊私語，一臉等著看好戲的樣子，我只好幫夫人留點面子。

「夫人別這麼說。工作上有問題，在公司解決就好，昨天總經理已經做完懲處，怎麼今天還麻煩夫人特地來一趟？」身為公關，場面話難道不會說嗎？

夫人笑著對我說：「要來感謝妳指教我們美玲啊！昨天還哭著跟我說要離職，被我狠狠罵了一頓。」接著轉頭，生氣地喊來美玲，「愣在那幹嘛？好好地跟謝經理道歉！」

美玲怯怯地走到我面前，裝得可憐兮兮的，「謝經理，對不起，以後我不會這樣了。」怎麼跟昨天不理我的樣子差了十萬八千里？工作做得不好，戲倒是很會演。

我看著美玲用不帶溫度的語氣對她說：「妳該道歉的對象不是我，是行銷部的同事，是他們分擔了妳的工作。」

夫人滿臉驚訝，馬上走到我面前，「又不是影響到公關，妳在凶什麼？」

我抬頭和總經理夫人對視，怒氣慢慢上升。她以為自己佔了上風，繼續搭話，「我都不曉得現在公關部可以跨部門管行銷部的事耶！難道現在行銷部是掛在公關部底下啊？」佩服這些說話可以彎個千萬次的人，每個人都是藤原拓海，很會開髮夾彎。

我的耐心真的很有限。

「夫人要不要去和總經理確認？我還有很多事要做，先去忙了。」我正要打開辦公室門，卻被夫人擋住。

我看了夫人一眼，她也看著我，辦公室裡有的人躲在盆栽後、有的人躲在柱子後面、有的躲在桌下，所有人都在看著我們。我真的不在乎別人的眼光，我擔心夫人在乎，因為接下來場面會變得很難看。

「還有什麼事嗎？」我拉下臉來。

夫人也不高興，「話都還沒說完就急著躲，美玲不過上班看幾分鐘的影片，值得妳這麼大驚小怪，還鬧到總經理那裡去嗎？」

「值得啊！」我和夫人面對面，實話實說。

早說啊！剛那堆都是廢話。

夫人大概沒想到我會這麼誠實，愣了一下，隨即又開口，「我們美玲是哪裡讓妳看不順眼，妳為什麼老是針對她？喔，還是妳是看我不順眼，所以遷怒到她身上？」

我笑了出來，有夠自以為是。

「夫人，我腦袋小，只記得重要的事。您是總經理的太太，於公於私，我們都沒有關係，要不是美玲她一直來煩我的助理，她和我也只是普通同事關係，妳們真的沒有那、麼、重、要。」我一字一句說得非常清楚，希望可以敲醒她們的大頭症。

「妳這什麼意思？」夫人惱羞成怒火大地問我。

講白話文都聽不懂，我也真是佩服得五體投地。

「意思就是，美玲就算是董事長女兒，要是她敢欺壓我部門的人，我照樣盯她，懂了嗎？」夫人氣到說不出話來。

我假設她不懂，「如果這樣還聽不懂，我相信公司裡所有同事都會樂意為妳再解說一次的。」

「妳一個公關部經理是在囂張什麼？」夫人生氣地推了我一把，我的腰痛得我想大叫媽。

但我媽可能已經投胎去了，沒辦法救我。

我扶著腰，抬起頭對上總經理夫人的視線，很嚴肅地告訴她，「我囂張，大概是因為我不需要靠任何關係就可以做到公關部經理。」

總經理夫人氣到伸手想打我。剛好總經理回到公司，看到這一幕，馬上大吼他老婆的名字，制止她犯下大錯，並趕緊走了過來把他老婆拉走，「居然來這裡給我丟人現眼！這裡是公司，妳有沒有搞錯！」總經理火大地罵著。

總經理夫人就這樣在公司的走道上和總經理吵了起來。那畫面太難看，我不想看，我根本不想管後續是什麼，直接開門走進我的辦公室，打開電腦，準備開始工作，這才是我該做的事。

畢竟，自己的工作，不會有人幫我做。

喔，除非我叫美玲。

工作處理到一半，小月走了進來。我抬頭看她，直接對她說：「如果是總經理找我，就說我在忙。」

小月嚇了一跳，馬上愣住，不可思議地說：「經理，妳怎麼知道？」

「因為我會算。」我冷冷地回應。

小月眼神突然亮了起來，看樣子是把我的鬼話當真了。她用期待的表情問：「那能算我跟我男朋友會不會結婚嗎？」

我看著手上的資料，想都沒想就回答，「當然不會啊！」接著繼續讀資料。發現小月一直沒有動靜，我抬頭看著她，她好像面臨世界末日的樣子，快要哭出來了。

「改掉妳這個愛哭的壞習慣，還有委屈求全的個性，就有可能結婚。」我說。

「真的嗎？」小月臉上又燃起希望。

我點了點頭，「但不是跟這個男朋友。」小月又一臉哀怨，想再追問。但我無法再回答她了，人生是她自己的，她得自己去探索。好話很珍貴，所以我不說第二遍。

其實，當我們愛上一個人時，幾乎就能知道，他在你生命裡會佔有什麼樣的位置。初戀、最愛、過客或是最後，早就能預見兩人之後的結果。明明知道不會在一起多久，但我仍會放手去愛，因為我在乎的是愛的過程。

狠狠愛過後的爽快，是一種美好的新陳代謝。

而小月和我不同，小月想要的是結果，是一段感情的終點，卻選擇了一個不會給她結果的人。唯一的解決方式，就是換對象。全世界男人這麼多，怕什麼？

「妳都沒事做了？」我問著發呆的小月，她才回神趕緊走出去。

我抬頭看向落地窗外，總經理站在他的辦公室前探著頭，想確定小月有沒有搞定我，讓我去找他。

我知道他想說什麼，不外乎就是幫自己太太向我道歉。但我絕對相信，他的誠意只有百分之五十。另外的百分之五十是，總經理真的沒有多喜歡我，我何必浪費工作時間去聽那些虛假的道歉？他不用擔心我會告到董事長那裡去，我沒那麼閒。

看著總經理臉色不悅地和小月交談，小月一副小媳婦的樣子，我嘆了口氣，撥了總經理室分機。眼見總經理回到辦公室，小月才鬆了一口氣，低著頭走了回來。

話筒那頭傳來聲音，我出聲回應。

「總經理，抱歉，我和夫人聊天花了太多時間，現在必須趕工作進度。請問有什麼重要的事嗎？」

總經理裝沒事地笑著，「謝經理，不好意思，我太太她就很疼這個姪女，所以如果對妳不禮貌，我先跟妳道歉，妳別理她，她就不懂事。」

「我知道她不懂事，我不會怪她的。」在大家面前賣弄關係的人，怎麼會懂事？道歉我聽到了，但原不原諒是我的事。

打了我一巴掌，再給我一顆糖吃，我的臉就不會痛了嗎？說「對不起」三個字真的不難，能夠寬厚地接受道歉，才是最難的。

第六章

# 我不是瘋，我只是比別人敢一點。

聽了我說的話，總經理愣住。

我在心裡嘆了口氣，會有這樣反應的人，大多都是認為自己的道歉應該被無條件接受。所以總會理所當然地認為，他今天道了歉我就應該要感激涕零。只差哭著說，天啊！總經理向我道歉耶。

沒有喔！謝安婷不做這種事。

我說了一句，「我先忙囉！」就掛掉電話。

我不明白，都共事了這麼多年，我對他的老油條和碎唸習性已經如此瞭若指掌，總經理怎麼還不能適應我說話如此直接的現實？

身為公關，理應在公司也能像在外面一樣如魚得水。但我沒有，公司同事看到的是最坦白的我，誰在家裡還要化妝穿禮服啊？我在公司就是完全赤裸。

工作到一半，我按下分機找小月，要她把報價單給我。結果她走進來，頭髮還在滴水，「妳去游泳？」我問。

她乾笑了兩聲，指著窗外，「外面下大雨。」

我轉頭看了看，窗外果然傾盆大雨。再回頭看著小月，「我有叫妳去外面淋雨嗎？妳沒事跑出去幹嘛？」

她又支支吾吾。我瞪了她一眼，她才說：「沒有啦！剛才業務部經理請我幫他跑一下客戶那裡拿資料，在附近而已，結果就突然下雨……」

「出去，今天不要再讓我看到妳。」我真心恨鐵不成鋼。她怎麼可以讓自己狼狽成這樣？

「經理，對不起啦，下次我會拒絕的。是因為業務部經理他真的走不開，一直拜託我……」小月急忙解釋。

我試著好好地對小月說：「妳沒有對不起我，妳對不起的是妳自己。去把頭髮弄乾，今天不要跟我說話。」

小月無奈地走出我的辦公室。

人真的會習慣委屈自己。

我拿起電話，撥到業務部找經理，鄭重地說明，「以後請不要叫我的助理做你們業務部的事。」

他痞痞地笑，「幫個忙而已，謝經理有必要這樣嗎？」

「那你薪水分她一些啊！」少跟我囉嗦。

「妳語氣幹嘛那麼差？」他語氣也很差。

「因為我不爽啊！」這還需要問嗎？要這麼白目，就大家攤牌說清楚。我狠狠掛掉電話，一抬頭，朱季陽竟然站在我面前。我看了外頭的小月一眼，她無奈地撥了電話進來。

「經理，因為妳不想跟我說話，我不知道怎麼辦，所以只好讓朱律師進去了。」小月顫抖著聲音說。

我真的完全被她打敗。我無法出聲，我怕話一說出口說得太重，小月會羞愧得直接去跳河。我深呼吸一口氣，才掛掉電話。

「為什麼不爽？」朱季陽問我。

「因為這世界上讓人不爽的人很多。」我回答。

他沒有說什麼，把手上的雨傘遞給我，「這是妳的雨傘，外面在下雨……」我看向他的臉，突然想起他喜歡明怡這件事。然後，我伸手接了過來。

小月跑進來，「經理，元山科技的吳總送了一台按摩椅，要收嗎？」

「收啊，幹嘛不收？」

上次見面時，吳總就說他們正在研發一款新的按摩椅，針對女性上班族，專門針對肩膀按摩，有十四種按法，還加上奈米紅外線功能，說要送一台給我試用，只要給他一點心得分享。

我馬上答應，因為阿卿姨可以用。洗了幾十年的頭，她的肩膀因為職業傷害，幾乎每到換季就會痛到手舉不起來。

這種試用互惠，只要我身邊的人需要，當然無條件接受。

小月點頭跑了出去。正要叫她請貨運直接送到阿卿姨家時，朱季陽用不屑的眼神看著我，「妳都是這樣亂收禮物嗎？難怪會被誤會。」

我和他四目相對，很想再跟他說一次，這世界上讓人不爽的人很多。

朱季陽就是其中一個。

我知道他沒有惡意，但問話可以好好問嗎？你都不確定的事，為什麼下結論可以下得這麼果決，根本不需要問號。這整句話就是：活該妳亂收禮物，才會這樣。

「對啊，怎樣？」如果他好好問，客氣一點、有禮貌一點，姊姊我會不厭其煩地對他好好解說的。

啊，因為姊的鄰居需要，剛好有機會試用，所以就收下了。同時，還會送他一個美麗的微笑。但他不乖，用這種語氣，我真的也只能用這種語氣回答。

朱季陽冷冷看了我一眼，轉身離開我的辦公室。

他誤會了，但我一點都不想解釋。

雖然心情有點差，還是得繼續完成工作。反正，生活就是不管你心情怎樣都是要過下去的。等到要下班時，已經天黑了。

我絕對不會是公司最晚走的，因為我沒有加班病。當然，除非有加班費。我不是勢利，我是實在。畢竟當我老了、病了，要陪我走下去的只有錢，不是在公司的血淚史。

人生有很多重要的東西，但工作絕不會是我的第一位。

走出公司，樓下警衛阿財叔笑著和我打招呼，「謝經理，妳太晚下來了啦！剛陸續來了兩台車都等不到妳，妳要自己坐公車了。」

我笑了笑，從包包裡拿出一款女錶遞給阿財叔，「阿財叔，下個月不是你太太生日嗎？這是公司清點的福利品，給你帶回去討老婆歡心。」

「謝經理，我不能收，這個太貴了。」阿財叔把錶推還給我。

「又不花錢，這早就過好幾季了！東西要用才有價值，沒人戴它，就是沒有用的東西。你太太這麼美，戴上我們公司的錶，就是活廣告啊！我還得付她廣告費咧！就這樣，走囉！」我把手錶放在桌上，揮手走人。

我來上班的第一天，阿財叔也是第一天報到，我看見他穿著警衛服裝，臉上帶著些微緊張的表情，開口鼓勵了他幾句。從那天之後，他就對我特別照顧。

有一次，他在值班時打瞌睡被總經理發現，本來要上報大樓管理委員會請他走人，後來才了解他得照顧下半身癱瘓的太太，還有一個女兒在英國念書的費用得支出。所以除了白天的警衛工作，他晚上還去開計程車。

原本我已經打算叫謝安平想辦法幫他安插個工作，沒想到總經理竟取消上報的念頭，還動用人脈要管委會幫阿財叔加薪水。這點倒是讓我很意外，看在總經理這麼善良的分上，我那個月都沒有跟他頂嘴。

這世界上沒有一定的壞人。每個人心裡的惡魔會出現在不同時候，只是我內心的惡魔比較常出現。

阿財叔算是最知道我感情生活的人。誰在追我他都知道，誰一天來樓下等我幾次，他都會幫我算，然後撥分機給我，幫我避掉一些我不想碰見的人。所以只要公司有員購或是福利品出清，我多半都會給阿財叔。

做人嘛，要有來有往啊！

走出大門，我突然呆在門口，不知道該去哪裡，也不知道晚餐該吃什麼，影集該看哪一部時。我徬徨了，手機卻響了。

是陌生的來電。身為公關的我，沒有權利不接。

「哈囉，我是Anna。」我說。

「安婷，我是明怡。」好了，當場聽她的聲音已經很好聽了，沒想到透過電話也一樣是天籟。不妒嫉她，我還能妒嫉誰？

「嗨！」我回應。

明怡在電話那頭笑了笑，「妳明天有空嗎？我要去婚紗公司試禮服，妳可以順便挑妳的伴娘禮服喔！」

「不用了，妳決定就好，我穿什麼都可以。」沒有我謝安婷撐不起來的衣服，我天生就是個衣架子。只是年過三十，肚子有點肉，但無傷我完美的外型，我反而覺得有點肚子滿可愛的。

「一起來啊，妳這麼有品味，也可以順便給我一點意見。」明怡跟我撒嬌耶，我心都要化了，能不去嗎？

我很掙扎，因為我真的很怕麻煩，也很怕囉嗦，不管買幾百塊的衣服，還是幾萬塊的包包，只要我看對眼，就是十秒內的事。我不試穿衣服，因為我知道自己適合什麼，我不試背包包，因為每個包包上面都寫了我的名字。

「妳更不用說了，穿什麼都好看。」我不是敷衍，我是真心的。以明怡的條件選結婚禮服，隨便穿就是美，認真穿就是美死人，看她想不想在婚禮時鬧出人命而已。

「妳太高估了我，安婷，我真的很希望妳能來。」明怡真摯地說。

「好。」完全被洗腦，我無法違背仙女的期待，不自覺就說了「好」字。戰爭丟什麼核武，把明怡送去就好了啦！

「太好了，那明天見囉！我再把地址傳給妳。」明怡開心地掛掉電話。聽到她這麼開心的聲音，我真的覺得再麻煩都無所謂。

我喜歡一個人，是沒有理由的。

掛掉電話後，我扶著還發痛的腰，決定今天早點乖乖待在家裡養傷。畢竟明天還有挑禮服的任務，是需要體力的。我沒忘記上次陪莫子晨挑禮服，整整花了五個小時。

我才走五步，就有台車橫停在我面前。某個不認識的男人從車上走了下來，還伴隨著一股好濃的酒味。我繞過他，想繼續往前走，他又移動我面前擋住我。

「妳怎麼可以這樣對我？」醉男對著我吼。

「你誰啊？」我問。

我扶著腰退後兩步，和醉漢一定要保持距離。

他突然衝到我面前，「妳居然問我是誰？我那麼愛妳，妳居然就這樣完全不聯絡，妳怎麼可以這麼狠心？」醉男邊說邊著噴口水，裡頭都是酒精。

我試著回想自己有沒有欺騙過他的感情。但以我最近忙碌的程度，我可以保證沒有，因為我想騙也沒有時間。更何況，我不欺騙男人的感情，除非他們自欺欺人。

「你可以先回家好好睡一覺，等你清醒的時候再說嗎？」我試著拿出我的耐心跟他談。

「不行！」他醉醺醺地吼著，還破音。

「那就算了。」誰理你啊！我轉頭想要往另一個方向走，他又很快地跑到我面前擋著，是練過移形換步嗎？

我的耐心有限，所以馬上用完。「你煩不煩啊？醉成這樣不回家，跑出來煩人，還酒駕，你再不走我報警了。」

他衝過來抓住我的手，激動了起來，「妳報警啊！我也想報警，說妳是小偷，偷走了我的心，還對我始亂終棄。」

他一說出這句話，我可以打包票，我絕對不認識他，更別說欺騙他的感情。會說這種老梗的人，我根本不想騙啊！連跟他同桌吃飯我都會吐。他媽媽知道他把妹都在演瓊瑤阿姨的連續劇嗎？

「先生，我覺得你認錯人了。」我掙脫開他的手，卻因為拉扯到腰，又痛到想哭。我轉頭看警衛室，發現空無一人，才想起阿財叔都是這個時間巡視大樓。

「我沒認錯，我這麼愛妳，怎麼會認錯？回到我身邊好不好，我一定會乖乖的，不會再惹妳生氣。」醉漢乞求著我，說了滿口鬼話，他的女人會離開他，不是沒有原因的看看他這個樣子。

懶得多說，我拿起手機報警。我覺得他在清醒之前，最好都在警局待著，免得情緒不穩還酒駕撞死人。我才說完地點，醉漢竟抽走我的手機往一旁丟去，「難道妳忘了我們過去有多恩愛了嗎？」

他突然過來抱住我。我嚇了一跳，想掙脫他，可是腰太痛，無法用力，只能盡力掙扎，卻怎麼也推不開他。而這時我的眼角竟瞄到，朱季陽看著我，看著醉漢抱著我，然後緩緩地走掉。

和其他路人一樣，沒有要救我。

他應該覺得醉漢是我的男人之一，所以我不需要救。

好，凡事靠自己。我使出全身最後的力量，狠狠踩了醉漢一下。他痛得跳腳，我是痛得飆出眼淚。還沒回過神來，醉漢就抓住我的頭髮，拉著我要去撞大門前的裝置藝術，那面用碎石鋪成的造型牆。

就在要撞到時，抓著我頭髮的力道鬆了。我跌坐在地，等到腰痛舒緩一點，回頭已經看到朱季陽將醉漢壓倒在地上，警察也來了。就像電影劇情一樣，總是來晚了。

朱季陽扶我起來，警察也走到我面前，開始問著事情經過。說完之後，警察好像覺得很荒唐，「小姐，妳怎麼那麼倒楣啊？」

「習慣了。」我老實地說。

朱季陽直愣愣地看著我，不知道在看什麼意思。

我常遇到這種狀況，明明只是辦活動見過一次，或是合作過一次，有些人就會對我展開熱烈的追求，但我連對方的臉都沒記熟。很現實的是，他們是因為我的外表才喜歡我，等到知道我的個性這麼賤，大多都會跑掉，而沒有跑掉的，也不是因為多愛我，而是想征服我。

他們會開始花大把的錢送我禮物。送花我會收，因為花退回去沒用，他們也是丟掉，不如送給愛花的阿卿姨。送我巧克力我也會收，因為妮妮喜歡。而其他的禮物如果退不回去的，就全都捐給慈善機構或丟給三石的志工隊，我再把收據寄給對方。

我也曾經因為這樣被譙過三字經，覺得我不識好歹。我就白目啊！怎麼識？

我唯一想收的禮物，非常貴重，叫真愛。

其他的東西，我都可以自己買。

這些人也會花大把的時間來站崗，覺得自己正在為愛付出。他們會有一種錯覺，認為這樣就有了情感的牽涉，覺得我們已經有了進度。後來發現我還站在原地，他們就覺得我欺騙了他們的感情。

所以常有男人愛不到我就來找我麻煩，只是這次比較特別，醉漢認錯人。

警察開玩笑著說：「誰叫妳長的太漂亮，所以才經常被人騷擾。」

我馬上抬頭瞪了警察，朱季陽看著警察，也皺了皺眉。

最討厭聽到這種玩笑話，沒有人應該因為自己的美醜胖瘦而被取笑或被霸凌，我有點火大，「長得漂亮是我的錯？」

警察先生被我不悅的語氣嚇了一跳，

「小姐，抱歉，我沒有這個意思啦！那個……接下來妳是要去驗傷提告，還是要和解？」警察趕緊轉移話題。

「懶得告，如果我的部分已經結束，我要離開了。」警察愣了一下，點了點頭。

我一轉身，看到醉漢已經坐在警車上睡得不省人事，拖吊車也來吊走他的車，根本就是一場鬧劇。我走過去開了警車的門，朝醉漢狠狠踢了一下，醉漢叫了一聲，又沉沉睡去。

「妳幹嘛啊？」朱季陽跟在我身後問。

我回過頭冷冷回應他，「是你幹嘛？想要等我對你說一句謝謝嗎？好，謝謝你拉住那個人，所以我沒有頭破血流，謝安婷無比地感謝你。」

他走到我面前對我說：「我送妳回去。」

「不用！追我的人那麼多，還需要你送嗎？」要誤會就誤會到底，反正我也不差他一個人誤會我。不能跟生活裡的荒謬計較，因為計較不完。活著本來就免不了發生一堆莫名妙的事。

朱季陽看了我一眼，沒有說什麼。

我也不想等他說什麼，轉身繼續往前走。後頭異常地安靜，我忍不住偷偷回頭，朱季陽消失了。我鬆了口氣，想再往前走，一台車子突然就停在我左前方。朱季陽下了車，又走到我面前，說了一句，「上車。」

「不要！」我說。

「上車。」他繼續說，我抬起頭看他，被他堅定的眼神嚇到。

我才想再拒絕他時，朱季陽馬上伸手拿過我肩上的包包，自己走到他的車旁邊。看著他人高馬大，背著我的名牌小包包，我真的覺得他要跟LV道歉，把包包的時尚感完全破壞了。

我走上前，忍不住酸起他來，「你有這麼想送我回家嗎？是想追我？還是想送我禮物？不夠貴的我不收……」

話還沒有說完，朱季陽直接打開車門，把我塞了進去。

「欸，我腰很痛！」我對著他吼。

他嚇了一跳，馬上放輕力道，驚訝地問：「妳腰還沒有好？」

「每天都被打，是能多快好？」難道是天妒紅顏？我這幾天遇到的麻煩，都要比我去年一整年加起來還多。

朱季陽沒有回應。上車之後，他上下打量了我一番後，從副駕駛座前的置物箱裡拿出簡單的小型醫療箱，拆了酒精棉，沒有知會我本人一聲，就直接往我的膝蓋擦去。刺痛感讓我意識到，原來剛剛跌倒真的受傷了。

「痛嗎？」他看著我，很認真地問，那眼神好像是真的在關心我。

「痛到我快往生了。」我負氣地對他說。

他突然笑了出來，搖了搖頭，繼續幫我擦藥。

「有什麼好笑的？」我問。

他沒有理我，繼續笑著。不得不說，他笑起來真的像他的名字。朱季陽，一顆小太陽。只是他真的很不常笑，不，我想應該是不想對我笑。

我就看過他對明怡笑得多溫暖。有沒有愛，真的有差。

他幫我貼上OK繃，接著用很真摯的眼神問我，「剛剛看到我為什麼不求救？」

好意思問？

「因為在你心裡，我就是一個會在大街上隨便和男人有牽扯的女人啊！喊救命你會相信？」我很老實地說。

朱季陽看了看我，不自然地清清喉嚨，「因為妳太容易讓人誤會了。」

「我沒必要向全世界的人解釋我自己。」我說。

他若有所思地看著我，看得我非常不自在。我也只好看著他，半開玩笑地說：「你再繼續看我，會讓我以為你愛上我了。」

他馬上轉過頭，發動引擎，踩下油門，毫不猶豫地開口，「妳不是我喜歡的類型。」

我在心裡翻了千萬次白眼，平常都是我在說這句話，現在換別人對我說，這難道是人家常說的報應嗎？

「我知道，你喜歡明怡那種類型。」我說，

他突然轉了一下方向盤，然後緊急剎車，轉過頭來非常嚴肅地開口，「沒錯，但這句話不准妳在其他人面前亂說。」

我看著朱季陽，感受到他對這件事的在意和認真，我緩緩點了點頭。

這一瞬間，我明白了，不管明怡有沒有結婚，朱季陽仍會繼續愛著她。他跟我一樣，是愛了就會瘋狂的人，我們總是會堅持著，那些屬於自己的堅持，不管對方愛不愛我，我愛他就夠了。

因為我的愛，是我自己決定的。

朱季陽繼續開車，在他這麼熱情表達對明怡的愛意後，車內的氣氛有點尷尬，我們誰也沒有先開口說話。

他突然踩了緊急剎車。怕我會撞上前方的置物箱，朱季陽趕緊伸手護住我，轉頭問著，「妳有沒有怎樣？」

有，我會半身不遂。腰再一次被用力拉扯，我髒話到了嘴邊都沒有力氣罵出來。

「你故意的嗎？」我緩緩說著。

他無辜地說：「剛有隻貓衝出來，抱歉。」

算了，我真的不相信他。無視他的道歉，我轉頭看著車窗外，他又繼續問：「邱太太的事，妳要怎麼處理？」

雖然很想回他「干你屁事」，但看在他送我回家的分上，我好心告訴他，我已經找到配合的律師，正在安排處理，他卻回我，「沒有那麼簡單，妳知道邱太太是遠洋集團董事長的妹妹嗎？」

「不知道。」所以咧？

朱季陽看著我，覺得我很天真，「別跟她硬碰硬，妳打不贏她的。」

「謝謝你的關心，我這個人最愛跟人家硬碰硬。」就算她是總統女兒，我也一樣告到底。第一次讓她誤會，我可以接受她的無理，解釋過了，還來跟我糾纏，我就不能再忍第二次了。

對付一個瘋子，就是要比他更瘋。

朱季陽看了我一眼，我知道他想罵我不自量力。但你不去做，怎麼知道自己的力氣有多大。我這個人不喜歡後悔，什麼事都做了再說。

「妳脾氣真的很硬。」他看著我，不認同地說。

「對啊！」不可以嗎？

他懶得理我，轉頭過去。停紅燈時，他從椅背拿下他的外套，塞到我的腰後，叮囑著說：「別駝背，這樣會增加腰的壓力。」

我看著他，繼續駝背，「這樣比較舒服。」都快累死了，哪來抬頭挺胸的力氣？

他也是不容易妥協的人，就這樣一直看我，看到我煩，看到我翻白眼，看到我妥協。我抬起胸，轉頭看他，「其實你是想知道我穿什麼罩杯吧！C啦！」我坦承地說了出口。

結果他被自己的口水嗆到，一直咳著，趁他忙著咳，我繼續駝背，看他咳到面紅耳赤，我心裡有一種報復的快感，姊就跟你說了別惹我

到了社區大門外，我緩緩下車，朱季陽走到我旁邊伸手扶我，「妳這麼嚴重，應該要在家休養幾天的。」

「在家的話，我的愛慕者會很想我的。」我做作地對他眨了眨眼。

他受不了地看著我，卻又不知道怎麼回應。看他口拙的樣子，很難相信他居然是個律師。

「晚了，我送妳上去。」朱季陽扶著我就想往前走。

「其實你是想去我家對吧？」我開起玩笑著問他。

他看著我，滿臉的無奈，拉起我往前走，繼續叮嚀著，「回家記得冰敷，這樣會好得比較快。」

「你是不是想幫我冰敷？」我也繼續開他玩笑。

「妳好吵。」他怒吼，換我笑了出來。

我真的覺得他很奇怪，明明就討厭我，為什麼還要做這些事？剛剛主動說要送我，可能也是想彌補當下沒有幫我的愧疚感。但都送我到門口了，也算是仁至義盡，不應該快點逃，還要陪我上去？

「該不會是邱太太的關係，你現在都沒有案子，要應徵我的看護吧？」我好奇地問了他。

他瞪我一眼，「妳可不可以閉嘴？」

「不可以。」我笑著說。但他沒理我，直接扶著我往前走。「我真的可以自己上去，我還能走……」我想要勸他不需要陪我回去，這不會改變他在我心中無情的形象。

「閉嘴。」他冷冷地打斷我的話。

好，你愛扶就給你扶，我勉為其難地幫你多積點陰德。

經過理髮廳，阿卿姨突然衝了出來，「安婷啊，妳快過來看！」然後就伸手把我拉進去。

我的腰！

朱季陽從阿卿姨的手中把我救回來，阿卿姨被朱季陽的動作嚇到，疑惑地看著他。朱季陽被看得有點不好意思，便開口解釋，「那個……她的腰有點不舒服，所以動作不能太大。」

阿卿姨一聽，十分驚訝，「什麼！是怎麼了？有沒有怎樣？去看醫生了嗎？」然後不停在我身上東找西找，好像這樣就會找出毛病在哪裡。

「沒什麼啦！明天就好了。」應該會吧，再這樣下去，我是要怎麼好好生活啊？不想讓阿卿姨瞎操心，我趕緊轉移話題，「阿卿姨，妳怎麼還沒有睡？」

阿卿姨整個人笑開花，「睡什麼睡，我今天晚上坐在妳給我的那台按摩椅上面看電視，整個人有夠爽快的啦！這台好，比上次妳給我那台更好。」

看阿卿姨這麼開心，我也很高興，「那就好，阿卿姨，過兩天會有人打電話問妳試用的心得，妳就跟他們說。我有留妳電話給他們。」

「好啊！那有什麼問題，謝謝妳啦！什麼好東西都給我，可惜我們江水沒有福氣享受到。」阿卿姨說著說著，臉色黯淡了下來。

我笑著說：「哪有，上次紙紮公司有新設計的電梯別墅和瑪沙拉蒂的跑車，我們不是一起去燒給江水伯了嗎？他用的比妳好耶。」

「說的也是，不過沒關係啦，我死了可以跟他一起用啊！」阿卿姨很大方地說。

「那可能還要好久。」

阿卿姨大笑，然後看著朱季陽，「你是我們安婷的男朋友嗎？」

「不是。」我跟朱季陽異口同聲，而且非常大聲。

阿卿姨嚇了一跳，摸著刺痛的耳朵，「欸，十一點多了耶。」

我和朱季陽對望了一眼，在心裡向附近的住戶道歉。「阿卿姨，改天再聊，我就先回家了。」

阿卿姨點點頭，然後從廚房拿了兩盒切好的水果，一盒給我、一盒給朱季陽，不管我們兩個人說了幾百次不用，阿卿姨還是硬塞。而且我相信，如果我們不拿，她會堅持到十二點。

於是我們只好收下。走出理髮廳的同時，阿卿姨馬上拉下鐵門，在裡頭對我們喊著，「那個高個子的先生，太晚了就睡安婷家，沒關係的。」

看朱季陽一臉尷尬，我心情很好地笑了出來，「要睡我家嗎？我的床很舒服喔！」

「妳又來了，女孩子家不要亂說話。」武雄都不管我說什麼了，朱季陽竟然像教訓女兒一樣教訓我。

「是你們愛亂想，心術不正，你睡我的床，我可以睡客房啊！」

「說不過妳。」

「現在才知道？」我得意地朝著他笑，但他沒有理我，繼續扶我往前走。走到我住的那棟大樓外，我要他回家，然後把兩盒水果都塞給他，「多吃一點水果，才不會每天都便祕臉。」

他又瞪我，是有多想炫耀他眼睛大啊？

「好好休息，盡量少走動。」他再一次叮嚀我。

「知道了。」

我抬頭揮手，要趕他走的時候，我看到朱季陽的背後，也就是隔壁棟，謝安平住的那棟，看到謝安平和他朋友走了出來。

我掙扎著要不要向謝安平打招呼，因為看到朱季陽，我肯定又要跟他解釋一堆，為什麼上次官敬雨去相親帶的男人會出現在我的家門口？他一定會罵我，全世界男人都死光了嗎？

當然沒有，但我這輩子其實也用不到那麼多男人。

決定別找自己麻煩，我拉住朱季陽往一旁的綠樹造景躲起來。

「妳又要幹嘛？」朱季陽一副我又要惹事的表情。

「小聲點。」我用超大氣音警告他。

然後我偷瞄著謝安平和他朋友，希望他們趕快出去。朱季陽也躲在我後面，和我一起看著。

「妳哥也住這？」他有些好奇。

「隔壁棟。」我看著謝安平和他朋友還站在那裡，聊得非常開心。是有什麼好聊的？要聊不會再進去聊嗎？

「幹嘛躲起來？」朱季陽繼續問，真的問題很多。

我不耐煩地回過頭，「你很囉嗦耶，就是不想解釋你為什麼會在這裡，好啊！不然你走出去，我再看謝安平怎麼對付你。」

朱季陽突然愣住，好像看了什麼不該看的一樣，我也好奇地轉頭看。

然後，就看到了謝安平和他的朋友正忘情地擁抱著，親密地吻著對方。我愣住了，身體僵硬，只有嘴巴還能動。我緩緩地問著朱季陽，「你現在看到的，跟我看到的是一樣的嗎？」

「應該是吧！」他也緩緩的回答。

「兩個男人嗎？」

「嗯。」

「確定？」我不相信。

朱季陽停頓了三秒，「確定。」

我嚇到了，我哥謝安平不交女朋友的原因，是因為他交了男朋友。

我哥謝安平居然是同志？

「快扶我。」我覺得下一秒我會暈倒。

朱季陽馬上伸手抓住我，「妳不知道嗎？」

我搖搖頭，緩緩轉過身。不是為了要看朱季陽，是不想再看到謝安平。

朱季陽很有良心地讓我靠在他身上，但我沒有心情聞他身上的肥皂香，我需要的東西叫冷靜。我不是討厭同志，甚至我的工作夥伴、合作廠商有很多都是同性戀者，他們的才華和品味、機智和幽默，不是我們這種凡人可以懂的。

我喜歡他們，但我從未想過謝安平愛的會是男人。

「他們走了。」朱季陽在我的頭頂上說。

我站穩腳步，回頭看著空無一人的後方，心情很複雜。

朱季陽看著我，拍了拍我的肩，「什麼都別想，先好好睡一覺再說。」

我點點頭，失神地走進大樓內。我想，今天要是能入睡，對我來說都是一件奢侈的事。我停住腳步，還是不敢相信。如果謝武雄知道了會怎樣？

等等，難道爸也知道，所以才硬要他去相親？那爸是什麼時候知道的？天啊！這訊息量大到我無法反應，我腦子完全卡住。我忍不住用頭撞著眼前的牆壁，看看能不能清醒一點。

沒想到朱季陽還沒有走，竟跑了進來，連忙伸手擋在我和牆壁中間，我的頭就這樣撞在他的掌心上。他著急地說：「妳冷靜！」

我抬頭看著他，「你叫我怎麼冷靜？我哥是 gay 耶！」

他把我拉離牆壁幾步，生氣地問我，「難道他是 gay 就不是妳哥了嗎？」

「當然不是。」我馬上反駁。

「那妳火大什麼？」朱季陽淡淡地說，然後我鎮靜了下來。

我看著朱季陽，開口澄清著，「我只是嚇到了。」

「妳再怎麼嚇到，都不會有妳哥發現自己喜歡男人更震驚！」朱季陽把他身上的外套脫下來披在我肩上，然後按了電梯，帶我上樓，還幫我開門，陪我一起進門。

他讓我坐在沙發上，幫我倒了杯水，再拿起我的手機撥了他的電話，然後非常鄭重地對我說：「不管妳現在心情有多亂，都要好好整理，這樣才有辦法處理事情，有事打給我，不要衝動。」

我看著他，完全聽不進他說的話，只聽到他不停說著四個字，「不要衝動。」說得好像我謝安婷隨時隨地都很衝動一樣。

好吧！我得承認，我剛才已經有幾度想打電話或跑去謝安平家問他「你為什麼愛的是男人」了。

好，我聽朱季陽的話，我不要衝動。

我點了點頭，朱季陽得到保證後，才離開我家。

而我坐在沙發，想了一整夜，卻不知道自己在想些什麼。

第七章

# 所有的愛，都是天生的。

我開始在想，很多事發生在自己身上時，和發生在別人身上時的不同，原來感同身受都得自己體驗過後才會知道的。

我坐在辦公室裡，卻完全沒有心情工作。

我不停按著謝安平的電話號碼，卻因為朱季陽說的「不要衝動」，再按了倒退鍵，不停地重複這兩個動作。

我試著冷靜去想，我明明認為只要是愛都是平等的，我甚至還簽了支持婚姻平權的連署書，但發生在謝安平身上時，我竟接受不了，甚至一度不想接受事實。

我怎麼了？我怎麼可以這樣？

手機傳來簡訊通知，我打開一看，是朱季陽傳來的，「還ＯＫ嗎？」

當然不ＯＫ，我沒有回朱季陽的簡訊，我撥了通電話給武雄。

「爸，你在幹嘛？」

「跟方伯下棋，怎麼？這星期要來看我嗎？」武雄聲音聽起來很平常。

我直接開口問爸，「爸，你當初為什麼跟哥吵架？」

武雄在電話那頭沉默了一下後才說：「誰跟他吵啦，是他跟我吵，我們的事妳別管，去上妳的班！」

武雄掛了我電話。我直覺武雄是知道的，父子之間是能有多大的問題，讓他們這樣一吵就吵了十幾年。如果是這樣，那為什麼他們沒有一個人打算告訴我？

被瞞了十幾年，這感覺滿可怕的。

會不會有一天我爸突然告訴我，其實妳的生父生母另有其人，就跟電視劇演的一樣，那我真的會大發飆，罵他們髒話。他媽的，我的人生你們在給我隨便決定什麼？

一直到下班，我的工作進度是零。

拜託，謝安平愛的是男人這件事，比工作重要很多好嗎？

我按了電梯打算離開公司，就收到明怡傳來的婚紗公司地址，才想起晚上還有這個任務。但我哪來的心情啊！

正要回傳我拉肚子去不了時，電梯門打開了。朱季陽站在裡頭，我走了進去，他對我說：「要去試禮服吧！我們一起過去。」

「你也要試？」我好奇地問。

他淡淡地說：「我是敬磊的伴郎。」

要不是我現在心情不好，我真的會非常用力為他歡呼和鼓掌。喜歡的女人要結婚了，當不上新郎，只好當伴郎，我真的好想為朱季陽掉淚，可惜我現在哭不出來。

「不知道該說你什麼。」我看著他，忍不住搖頭。

「什麼都別說。」又是一個為了愛，耳朵石化的人。

走出電梯，我轉頭看朱季陽，「我不去了，沒心情。幫我跟明怡說一下，讓她直接幫我選就可以了。」

朱季陽沒有理會我說什麼，拉著我的手就往停車場去，用五個字說服我，「去轉換心情。」

於是我上了他的車，一路上我都只看著窗外。途中，我一度忍不住問朱季陽，「你說，昨天晚上那個人，會不會其實是女的，只是女扮男裝……」

朱季陽瞪了我一眼，覺得我蠢，我只好閉嘴。

但我不甘願，繼續推測，「還是昨天我們一起撞鬼了？」

朱季陽突然很認真地看著我，眼神就是告訴我要去面對，不要逃避。我只好不再看他，暫時不想去面對謝安平是同志的事實。

到了婚紗公司，下車前，朱季陽對我說了一句，「根本不用想那麼多，不管怎樣，最後一定可以解決。」

他比我有信心很多。

下了車，我被櫥窗內的白紗吸引，它們美得像芙蓉、像百合，就是女人的夢想，但我無論再怎麼談戀愛，卻從未想像自己穿上白紗。

因為，我愛的人，都只適合戀愛，不適合結婚，這一點我還是看的出來的，不過沒關係，能夠愛就夠了。

服務人員從門內走了出來，熱情地指著櫥窗內的婚紗對我說：「是準新娘嗎？要不要試穿看看這款新的婚紗？妳這麼漂亮，身材又好，一定很適合妳。」

我笑著搖搖頭，白色不是我的顏色，「我比較適合離婚。」

服務人員愣了一下，尷尬地笑著，不知道該怎麼回答，

朱季陽開口解決了服務人員的困境，「不好意思，她就是愛開玩笑。」然後轉過頭用眼神警告我，別欺負店員。

我一臉無辜，開個玩笑啊！

多希望昨天的事，也是謝安平在跟我開玩笑。

「安婷、季陽！這裡，我們在裡面了。」明怡站在店內，對我們招了招手。

一走進店裡，官敬雨就衝到朱季陽和我面前，表情跟每次衝到我面前的大老婆們一樣。她生氣地質問著，「為什麼你們一起來？」接著馬上勾起朱季陽的手，宣示主權。

這小女孩真的沒有眼力嗎？看不出她愛的男人正愛著她未來的大嫂嗎？

朱季陽一臉的無可奈何，想拉開官敬雨的手，卻怎麼也拉不掉。官敬雨屬章魚的吧，有強力吸盤。

我走到朱季陽的另一邊，也勾起他的手，對官敬雨說：「因為季陽捨不得我搭公車，去接我啊！」

說完，我還伸手摸了摸朱季陽的小臉。

官敬雨氣得眼睛都要掉出來了，三石和明怡兩人在一旁偷笑。

看官敬雨氣呼呼的樣子好可愛，原來這就是朱季陽說的轉換心情。

「妳別跟著她一起鬧。」朱季陽瞪著我說。

我只能給他一個鬼臉，不能再多了。

他見我一路上臭臉，如今終於笑了，也露出淺淺的笑容，大家都看不出來的淺。我也不知道為什麼我看得出來。

被我這麼一鬧，官敬雨更黏著朱季陽，連他去洗手間都在外頭守著。我沒時間陪官敬雨一直玩，我沒有忘記，我今天放下謝安平的最終目的，是為了幫明怡挑婚紗。

於是我只能用眼神祝福朱季陽，祝他在官敬雨的緊迫盯人下可以繼續呼吸。我拍了拍他的肩，要他保重，結果又換來他一瞪，我真的是好心被雷親，啾啾啾。

把朱季陽丟給官敬雨，我陪明怡看過一件又一件婚紗，但只要我一挑，三石就衝出來大喊，「不行！背露太多！」不然就是「不可以，這太低胸。」或是崩潰地看著我，「不覺得這個太短嗎？」

請問是哪來的教官？

我和明怡對看了一眼，看到她眼裡滿滿的無奈。

「再囉嗦就給我去門口站，到底是你要穿還是明怡要穿的？」我火大地瞪著三石，最討厭穿個衣服男人在那裡給我嘮叨。身體是我自己的，要穿什麼衣服，我說了算。

三石嚇了一跳，馬上閉嘴，訕訕地坐到朱季陽身旁。明怡十分感激，官敬雨也激賞地看著我。

耳根一清淨，挑衣服就更快了。和明怡討論的結果，選了三套不同風格的婚紗，而官敬雨早就在朱季陽面前，上演服裝秀，在婚紗店裡面大走台步。不得不說，官敬雨再過幾年，也一定是個男人殺手。

在她看清她和朱季陽是不可能的之後，她絕對有這個實力。

等明怡換婚紗的時間，我和三石聊著志工隊內的往事，說到在柬埔寨睡路邊、在尼泊爾遇到地震、在印尼護照被偷，剛開始工作的幾年，還有時間跟著志工隊出國去協助災民，現在工作用掉太多體力，一有時間，就只能躺在床上睡死，唯一能做的，就只有捐錢，還有利用我的人脈而已。

朱季陽在一旁聽得很認真。

明怡換了第一套短裙白紗，一拉開布簾，就吸引全場眼光，包括其他人的準老公。

三石一臉欣賞地走到明怡面前，說出大家都想說的話，「妳好漂亮。」官敬雨也跑到明怡身旁，嘴甜地稱讚著自己大嫂。

我轉過頭看朱季陽，他看明怡看得出神，發現我的注視，馬上低下頭，假裝在看雜誌，都沒有發現把雜誌拿反了。

我想這才是世界上最遙遠的距離啊，新郎不是我。

接連換了另外兩套，明怡都美得不可思議，大家都出現了選擇性困難。我只好提了個衷心的建議，「不如就結三次，這樣三套都可以穿上。」結果被三石跟朱季陽白眼。

官敬雨甜笑問著朱季陽，「那你覺得我剛穿那套水藍色的好看嗎？」

「妳剛有穿水藍色的？」朱季陽很認真地問，一問完，官敬雨馬上臉色大變。我忍不住笑出來，又被官敬雨瞪。

明怡將試穿好的禮服照片傳給她遠在國外旅行或度蜜月的姊妹淘看，她們跟我的想法一樣，結三次就可以都穿到了，但明怡只敢給我看對話紀錄，怕三石看了會摔手機。

「決定了嗎？」三石好奇地問。

我看著明怡，「這是妳的婚禮，選妳最喜歡的那套，我們的意見根本不重要。」明怡給了我一個微笑，思考了一下，然後選了裡面最露的一套，三石大受打擊。

明怡其實也滿叛逆的，難怪我喜歡。

明怡開始逗三石，想要他寬心，一下子就陷入兩人世界。我是無所謂，當作在看愛情電影，但我一轉頭看到朱季陽失落的神情，實在於心不忍，得讓他快點離開這裡。最後我花了十秒決定我要穿的伴娘禮服，再花十秒幫朱季陽選了一套，結束。

五分鐘後，我們已經在婚紗店外了。明怡和三石還要去看傢俱，官敬雨則是拉著朱季陽，然後看著我，示威似地說：「季陽哥，送我回家。」

官敬雨以為朱季陽會說好，他卻拉下官敬雨的手說：「妳和敬磊他們一起，我要送安婷回去。」

不只是我，明怡和三石都很吃驚，「安婷」這兩個字他叫得出奇地順口，好像我們認識了十八年一樣。官敬雨不悅地大喊，「為什麼？」

「因為她腰痛。」朱季陽走到我旁邊，雖然有一種被利用的感覺，但我必須說，他的聲音叫出「安婷」特別好聽。

明怡笑著拉三石走人，三石也順手拉走崩潰的官敬雨。

我看著朱季陽，忍不住做了一個請求，「你可以再叫一次我的名字嗎？」

他瞪了我一眼，轉身往前走，我只好不厭其煩的跟在後面繼續騷擾他，「再叫一次啊？很好聽耶，叫一下嘛！來，安婷！」看著他不停回頭瞪我，真的讓我心情好好。

走到他的停車位時，我揮手對他說聲，「拜！」

朱季陽看著我說：「妳不上車去哪？」

換我一臉疑惑，「回家啊！不是只演戲給官敬雨看而已嗎？」

「妳剛才拿禮服的時候，不是又扯到腰了嗎？」朱季陽邊說邊指著我的腰。

我真的很意外，因為禮服太重，我沒拿穩是扯到了腰。不過一瞬間的事，眼神都放在明怡身上的朱季陽，竟能花一秒時間看我，有點感人。我謝安婷就是人敬我一寸，我會還他一尺。

就給他個面子。

上車後，我問了一個我很想知道的問題，「你為什麼要當伴郎？」不是自討苦吃嗎？我喜歡眼不見為淨，所以從不和前男友當朋友。過客就是過客，再怎麼懷念，他仍只是一個過客，在生命裡沒有任何重量。

他沒有回應我。

但並不代表我不會自己找答案，朱季陽的愛意這麼明顯，我想明怡和三石也都知道。他們並不是殘忍的人，不過朱季陽是，他會對自己殘忍，選擇用這樣的方式來表達他的祝福。

傻子。

我得到結論後，自己笑了出來。他轉頭瞪了我一眼，我伸手拍拍他的肩，對他說：「辛苦了。」

他沒有理我，我繼續說：「你不覺得愛沒有盡頭這件事，讓人有點恐慌嗎？」

他回頭看我一眼，沒有回答，但我從他緊握方向盤的手得到了答案。

每次愛上一個人，當我用力愛著，那種沒有底限、沒有時限，無法控制自己感情的無力感，會讓我很害怕，常會想著，我會不會就這樣愛著這個人，愛到死掉？

朱季陽現在應該也很害怕他對明怡的愛會沒有盡頭，就這樣愛到屬於他自己的末日。

「會怕沒有關係。」想到他的處境，我心疼地安慰他，再次拍他的肩。

「少囉嗦。」他拍開我的手，對我撂狠話，我只好笑得更大聲。得意忘形的下場，就是腰又拉扯到了。

他看我表情扭曲，冷冷地說了一句，「活該。」我痛不到行之餘，再送了他一個鬼臉，他生氣地用手指戳了我的額頭。

「你真的很大膽耶。」我摸著額頭瞪他。

他笑了，「妳今天才知道？」

我懶得理他，轉身看向窗外，謝安平的事又在我腦海裡跳了出來。該告訴他，我已經知道了？還是不要告訴他，當作什麼都不知道？

明明是最親近的人，卻要背負著祕密相處。不能互相坦誠，讓我有一點難過。

「會沒事的。」朱季陽知道我在想什麼。

我轉過頭看他，「為什麼我哥不告訴我？」

我不懂，我和謝安平雖然吵吵鬧鬧，但彼此人生的重大事件，我們都沒有缺席。他失業我養他，我失戀他陪我，我們是對方的依靠，他卻沒有告訴我這件事。

朱季陽看了我一眼，緩緩地說：「因為他愛妳。」

我不可思議地看朱季陽，這句話很不適合從他個性這麼冷硬的人口中講出來。

「嘴巴閉起來，蚊子跑進去了。」都這個時候了，他還能打斷這種美好的情緒來嗆我一下。

他無視我想殺他的眼神，繼續說：「我想，妳哥是不希望妳知道這件事後，要陪他一起吃苦，接受別人的眼光。」

「我又不在乎。」

「但是他在乎。」朱季陽一副很有心得的樣子。

我忍不住問：「你哥還是你弟也是gay嗎？你怎麼那麼有經驗的感覺？」

他對我翻了個白眼，「我只有一個妹妹，她也曾經因為別的事辛苦過，我陪她一路走過來，她一直覺得對我很愧疚，所以我可以明白妳哥的心情。有些事，不知道會過的比較快樂。」

「可是我愛謝安平，這點是一輩子都不會改變的。」我很肯定。

朱季陽給了我一個微笑，就像他在明怡面前會露出的笑容一樣，用一切都解決了的表情對我說：「那妳還有什麼問題嗎？」

沒有！

所有的問題，都是我自己幻想出來的。

我看著他的笑臉，搖了搖頭，突然覺得心裡充滿了勇氣，現在好想馬上告訴謝安平，「無論發生什麼事，我都愛你。」

「送我回家。」我抬頭對朱季陽說，他微笑地點點頭。

一路上，我的心都迫不及待想看到謝安平得知有我這個支柱後的表情。原來放下了，決定了，是一件多麼輕鬆的事。

我要下車時，轉頭對朱季陽說：「你可以再對我笑一下嗎？」

他愣了愣，似乎有點害羞，「幹嘛？」

「看你笑，會讓我有勇氣。」我誠心地說完，卻被他趕下車。我腳都還沒有站穩，他就馬上把車開走了。

小氣鬼喝涼水，笑一下會要了他的命嗎？

我深呼吸幾口氣後，走到謝安平家門口，想著第一句話該說什麼。要無所謂地說：「嗨哥，你愛的是男人沒關係。」還是要走感人路線，「哥，我知道你是同志，但我愛你。」還是走搞笑路線，「哥，什麼時候給我一位姊夫？還是嫂子？」

正當我還在猶豫時，門突然開了。謝安平拿著一包垃圾，我們兩個都嚇了好大一跳。我的腰很痛，但我沒有時間痛，我伸手就抱住了謝安平。然後不知道為什麼，想到他隱瞞我，是出於愛我的心情，淚水就這樣流了出來，止也止不住。

「媽的，謝安婷，妳又失戀了？又是哪個王八蛋？奇怪了妳，真的很沒有挑男人的眼光耶。」謝安平抱著我，拍拍我的背安撫我。

原本以為，這個晚上兄妹兩人就能開誠布公，結果哭得太忘我，我整個哭到睡著，還一路睡到早上。我再醒來的時候，謝安平早就去上班了，還不忘留紙條給我，叫我幫他把因為我而沒倒成的垃圾拿去丟。

誰理他啊？我踩著他幫我蓋的棉被離開他家。

想清楚之後，我的心輕盈得簡直要飄上天。就連腰痛好像都好了不少。我洗完澡，換好衣服，踩著高跟鞋輕快地來到公司，和阿財叔打了個愉快的招呼。我面帶微笑地等著電梯，門一打開，官敬雨臭著臉地走了出來。

我們打了照面時，彼此都嚇了一跳，她驚訝我的出現，我則是對她的毅力佩服不已。

「妳怎麼可以在這裡？」官敬雨是在講什麼瘋話？

「我公司就在樓上，我為什麼不可以在這裡？」

我側身讓她先出來，她跺著腳、嘴嘟得半天高，整個人擋在我面前，不讓我進電梯，用十足大人口吻對我說：「我們談談。」接著就往外走。看她這副模樣，真的可愛到讓我跟在後頭猛笑。

「妳和季陽哥到底什麼關係？」官敬雨停下腳步，轉身面向我，我差點就和她撞上。

「沒有關係。」我很坦白。

她無法相信，「怎麼可能，季陽哥不是那種隨便的人。」

「隨便什麼？」

「隨便跟別的女人好。」

「我跟他不好。」

「他明明就對妳很好。」

「那是妳沒看到他對我壞的時候。」

「季陽哥也不會隨便對別人壞。」

「他有喜歡的人了。」一定要逼我讓她清醒嗎？

「我知道！」官敬雨竟這樣回答我。

「妳知道他喜歡誰？」我非常好奇。

官敬雨點了點頭。

「那妳還在這裡跟我鬧什麼？」

官敬雨一愣，隨後回神繼續說：「就算季陽哥再怎麼喜歡明怡姊，等到她和我哥結婚之後，季陽哥就會死心，我就有機會了。可是妳現在比我有機會，我不能接受。」

我嘆了口氣，摸了摸官敬雨的頭，「孩子，別傻了，朱季陽很難對付，姊姊勸妳一句，別再浪費時間。」

官敬雨哀傷地看著我。我很少安慰別人，看在她是三石的妹妹分上，又這麼討人喜歡，我只好大發慈悲，「朱季陽是一片汪洋，明怡是島，妳只是石頭。」

「什麼意思？」官敬雨疑惑地問。

我笑了笑，「這只能妳自己體會。」

「難道是我很瘦，明怡姊很胖？」官敬雨自我解讀，我只能說國外回來的，中文都特別差，我沒有辦法幫她上中文課，因為姊忙著賺錢，還有個重大的紀念晚會等著我去搞定。

「妳回去查字典，沒事別煩我了，乖。」我轉身離開，留下官敬雨。我走進公司大樓的那一刻，忍不住回頭，看到官敬雨坐在樹下十分認真地拿著手機在查。

感情真的叫人瘋狂，但再不瘋狂，生命就要結束了。

進到辦公室，我開始投入工作，決定晚上再找謝安平坦承。這一次，我絕對不會再哭，因為謝安平愛的是男人這件事不需要哭。

下班後，我走出公司大樓時撥了電話給謝安平，想叫他請我吃飯，才一接通，馬上被掛斷。「我在忙，等等打給妳。」

結果，謝安平回電之前，謝武雄就打來了。

「過兩天，我會安排另一個對象……」又來了。

「爸，不是說了不要再這樣嗎？」

武雄馬上生氣，「怎樣？妳就照我說的去做就對了。」才兩句就掛我電話。

我很無奈，拿著手機，不知道該怎麼辦，也不知道謝安平該怎麼辦。

「站這幹嘛？」朱季陽的聲音從我背後傳來。

我回頭看了他一眼，「沒幹嘛。」

突然對街傳來一聲又一聲的呼喊，「季陽哥！季陽哥！」

我和朱季陽同時找尋聲音來源，看到官敬雨開心地在對街揮手。我都還沒反應過來，朱季陽就拉著我的手走人。

「你會不會太無情了一點？」我對著他背影問。

他回頭送了我一句，「閉嘴。」然後把我塞進他的車裡，快速發動車子離開。我從後照鏡看到官敬雨可憐兮兮的臉，有一點捨不得。

「不要說我容易被誤會，根本就是你害我被誤會。」想到不久前才跟官敬雨說我們什麼關係都沒有，還勸她放下對朱季陽的執著，結果幾個小時後，變成我跟朱季陽坐在同一輛車上。

我想，我在官敬雨的心裡也是個婊子。

朱季陽看著我，十分抱歉，「我不是故意的。」

「算了啦！前面就讓我下車吧，我可以自己回去。」反正我也習慣了，我存在的用途，都是為了讓某些女人清醒。

功德好幾件。

可是朱季陽沒有停車，也沒有載我回家，他直接把我帶到一間牛肉麵館。老闆看到他，很熱情地招呼著，似乎是常客。

「吃飽再送妳回去。」他說。

「用牛肉麵就要消除你的罪惡感嗎？沒這回事喔！至少要三克拉的鑽戒。」我故意揶揄他。

他笑了笑，沒有理我的玩笑話，我發現他越來越懂我的幽默，這不知道是好事還是壞事。

朱季陽直接向老闆點了兩碗牛肉麵，再抽了衛生紙擦拭桌面，又擦拭餐具，然後看著我說：「每次看到妳都是吃香喝辣，吃這個妳應該不會嫌棄吧？」

「會！」我瞪了他一眼，起身走到小菜區，端了豬耳朵和辣鳳爪回到位置上，「這我的，要吃自己去拿。」

他又笑了。

我懶得理他，開始吃起我今天的第一餐。牛肉麵的麵條軟Q又有彈性，湯喝起來就知道是加了蔬果下去熬的，半筋半肉剛好是我的最愛。我很快就把一碗麵吃完，看到價目表上還推薦豬肉麵，我又向老闆點了一碗。

朱季陽看著我，「妳食量這麼大？」

「因為我餓啊？不能吃兩碗？」

「十碗都可以。」他倒是很大方。

老闆端了豬肉麵給我，後面跟著兩位走進店裡的客人。老闆招呼我多吃一點後，轉身接待其他客人入座時，我看到了謝安平，他也看到了我。我還看到了那天和他擁吻的男人，謝安平也看到坐在我旁邊的朱季陽。

我們的眼神都在詢問彼此，要打招呼嗎？

朱季陽抬頭，也看到謝安平和他的朋友，然後轉頭過來看我。我對上朱季陽的眼神，他突然給了我一個微笑，這小子，現在對我笑是在笑什麼意思？真會挑時機給我勇氣。

我抬起頭看向謝安平，很不自然地說：「你怎麼也在這？」

他也乾笑兩聲，「好巧喔！」結果他眼睛一直瞪朱季陽，大概以為昨天害我哭成那樣的人就是朱季陽。

這段情節如果在電視上播出，觀眾會馬上轉台，因為這氣氛真的太詭異了。

朱季陽把我們的位置挪了一下，謝安平和他朋友坐到了我們面前。我們四個人互相看了看彼此，謝安平凶狠地盯著朱季陽，不屑地開口問：「妳男朋友？」

「不是！」我快速澄清。然後換我看著謝安平的朋友問：「你男朋友？」

朱季陽手上的筷子掉了下去，謝安平的朋友倒抽了一口氣，而我哥則直勾勾地看我。沒有人知道我的手心狂冒汗，心臟好像要從嘴裡跳了出來一樣。

過了好一陣子，謝安平才面無表情緩緩點頭，「對。」

謝安平的朋友，低下頭不敢看我。

我很久沒有覺得這麼慌張過了，不知道接下來該怎麼辦，我轉過頭看了朱季陽一眼，他用眼神告訴我，「說話啊！」我也知道，但喉嚨就是卡住了。

「點餐了嗎？牛肉麵超好吃的，哈哈。」我尷尬地笑著。

謝安平很冷靜地開口問我，「什麼時候知道的？」

我收起尷尬的笑聲，忍不住嘆了口氣回應，「前天晚上。我看到你們一起在社區門口。」

謝安平看著我，眼神閃過一絲落寞，「妳是不是很失望？」

我抬頭看著他，很嚴肅地看著他，然後說出我最真實的想法，「我從來就沒有覺得失望。」

謝安平的表情像是鬆了一口氣。

我繼續說：「一開始我很震驚，為什麼你交往的對象是男人，我真的嚇到了。但後來我想的是，你該怎麼辦？還有爸那邊該怎麼辦？」

「爸早知道了，就是因為他知道我愛男人，才把我趕出來的。」謝安平雖然說得很輕鬆，聽在我耳裡卻很沉重。這麼多年，他和爸之間的鴻溝，真的是因為這個祕密。

「為什麼不告訴我？」我有點生氣。

謝安平看著我，淡淡地說：「因為我不要妳擔心我的人生，我的妹妹只要開心地過好她的日子就好。」

我有點想哭，難怪朱季陽會說，有些事，不知道比較快樂。

我轉頭看朱季陽，想告訴他，我懂了，他卻無比認真地看著謝安平，眼神透露出關心。這根本不干他的事，他其實可以吃他的麵，甚至先離開，但他沒有。

謝安平喚回我的分心，「我知道爸不能接受，我從來沒有怪過他，我能做的就只有少出現在他面前。」

我很心疼謝安平，也很抱歉，我總是因為他對爸老無所謂的態度發火，也以為爸老是無理取鬧而生氣，要他們對彼此說聲對不起，各退一步，就什麼事都沒有了。我真的是有夠自以為是，輕視別人的傷痛，真的是一種很無知的心態。

謝安平忠於自我，爸擔心自己兒子，誰都沒有錯。

我忍不住伸手緊握住謝安平的手，難過得不知道該說什麼，謝安平也紅著眼眶看我，「所以妳昨天哭是因為我，不是因為妳失戀？」

我點了點頭，謝安平笑出來，鬆了一口氣，「嚇死我了，幸好妳不是失戀，妳沒事就好。」謝安平真的很愛我。

「我愛你。」我認真地向謝安平這樣表示。

他愣了一下，有點不好意思反握住我的手，我對他笑了笑，他也對我笑了笑，除了在媽肚子裡，這是我們最靠近彼此的一次。我們就這樣看著彼此，笑了好久。

「別跟爸說妳知道了，我們之間的戰爭妳不要攪和進來，當作不知道就好。」謝安平叮嚀我。

我點點頭，但我不會照他的話做，這件事情該妥協的人是爸，因為這是哥的人生，不是爸的，即便我能理解他身為父親的擔心。

謝安平似乎想把這幾年沒有跟我分享的感情事都一次告訴我，我們吃一碗麵吃了好久。但也因為這樣，我才知道他和凱文在一起八年，兩人是彼此生活裡最重要的支柱。凱文家裡也還不知道他的狀況，父母一樣在逼婚，凱文正準備告訴父母事實。

「不管以後怎樣，為了安平，我必須努力。」凱文誠懇地對我說。

我有點生氣，氣這個世界對他們的不公平，但我無能為力。

整整兩個小時，朱季陽就坐在一旁陪我們聊天，幫我們拿飲料、補小菜，結束時，謝安平還把我拉到旁邊問：「他不錯啊！為什麼不跟他在一起？」

「因為他有喜歡的人了。」我小聲說。

「上次跟我相親的那個女生？不可能，他們看起來不配。」

「是別人。」我說。

「媽的，好可惜，搶過來。」謝安平一臉的不甘心。

「如果你看到他喜歡的人根本就是個仙女，你就不會這麼說了。」

「我眼裡只有一個仙女，她叫謝安婷。」謝安平很認真地說完，伸手摸了摸我的頭，「被妳愛上的人，是全世界最幸福的人。」

我感動地看著謝安平，忍不住問他，「那為什麼他們都要跟我分手？」

謝安平無語，我也無語。

那些曾經都是世界上最幸福的人，為什麼一個個用著荒謬的理由離開我？為什麼一個個不珍惜我轉身走人？

我沒再繼續逼問我自己，因為我知道，沒有結果的感情，其實都沒有什麼答案。

坐在朱季陽的車上，我轉頭微笑著面向他。發現我的注視，他也轉過頭來看著我，「心情很好？」他問。

我點點頭，他也笑了。我們看了彼此一眼，那眼神的交流裡，有一種說不出來的默契存在，我為這樣的氣氛心動，慌張地回過頭，趕緊閉上眼睛，我需要沉澱一下。

但還沒沉澱,就先沉睡了。當我醒來時,才發現朱季陽把車停在路邊,也坐在駕駛座上睡著了。

為什麼不叫醒我?

我靜靜地看著他的臉,他睡著的樣子,和平常那個又跩又冷的樣子不太一樣,有點傻、有點可愛,我忍不住開始心跳加速,急得我馬上呼了自己一巴掌,警告我自己,不可以。

對朱季陽心動,只會累死我自己。

我再次閉上眼睛,試著忘掉這種心跳加速的感覺,然後又不小心睡著。當我再次醒來,已經早上了,而朱季陽早就醒了,手裡拿著文件正在看。

「居然早上了?」我聲音沙啞。

「對,而且八點了。」他看向我,淡淡地回應。

「你怎麼沒叫醒我?」

「我也剛醒沒久,反正都早上了,不如就睡飽一點。」他低頭看手上的文件。

我沒想到,跟一個男人在車上過夜,居然什麼都沒有發生。我坐直身體,才發現朱季陽又拿他的衣服幫我墊在腰後。感謝他的體貼,不然,這樣睡一晚,以我的腰傷,我可能得坐輪椅一陣子了。

看著我手上的衣服，心跳又莫名其妙開始加速。我轉頭看朱季陽，他也正看著我，明明沒有梳頭，臉上又出油，我卻覺得他帥到沒有理由。

正想開口對他表達感謝，他緩緩地說：「都醒了還不下車？」

我惱羞成怒，覺得自己很自作多情地把衣服丟還給他，立刻打開車門下車。原以為他會覺得抱歉，想轉頭給他一個賠罪的機會，結果車子已經不見了。

那種失落感，讓我瞬間落到了地獄，對朱季陽感覺的轉變，讓我知道大事不妙，很不妙。

我望著車子消失的方向，發呆了好久好久。

一回到家，就接到莫子晨的電話。

「妳知道我現在真的很無助嗎？我居然胖了十公斤！小孩生下來，我要花多少時間才能瘦回來？」莫子晨又在電話那頭哭泣。

「我才無助好嗎？」我有氣無力地說。

莫子晨馬上停止哭泣，非常八卦地問我，「怎麼啦？發生什麼事了？居然可以讓妳感到無助？我莫子晨認識妳這麼久，沒聽妳說過無助兩個字。妳謝安婷耶，全世界都在妳的手掌心裡。」

以前是真的這樣覺得，但最近發生太多事，我都快忘了我原本的世界是如何。我開始不受控地想起朱季陽，這件事讓我恐慌起來。

「吵死了，妳生完再跟我聯絡。」我掛掉電話。

不懂孕婦到底哪來這麼多時間胡思亂想？

重點是，我竟也花了不少時間陪孕婦講廢話。

我怪怪的，真的怪怪的，怎麼會就這樣對朱季陽有了好感？

第八章

# 任何對自己好的方式，都是最殘忍的。

丟下手機後，我馬上梳洗換衣服，今天還有重要的會議要開。

處理心情之前，得要先處理肚子，沒錢吃飯，哪有力氣談戀愛？這是很實際的，所有的浪漫、所有的驚喜，大部分都要花錢。有人說，禮物我自己做、卡片我自己畫，大餐我自己煮。

好，都不用材料費？會從天上掉下來？

於是我叫了計程車，還小小威脅了一下司機，說如果我遲到就得回家吃自己。司機先生擔心我失業，很幫忙地繞小路，及時在會議前趕到。

「司機先生，你好人會有好報。」我付了小費，由衷地說。

走進會議室，就聽到大家熱烈討論下星期紀念晚會的事。大家都很期待被選上晚會招待，因為當招待，公司會贊助禮服還有配戴的飾品，是直接送給招待人員的，為了慰勞她們的辛苦。

今天就是要選出兩個招待。

大家都非常熱烈地推薦自己。包括美玲，但招待需要良好的外語能力，還有得體的應對進退，去年的美美表現的非常好，董事長今年特別欽點美美這次再當招待，所以只剩一個名額。

於是我選了精通英、日、韓三種語言，業務能力非常強的小惠。沒被選上的人當然會恨我，但我也沒有辦法，我很清楚，像我這樣的人，恨我的人會比愛我的多。

很習慣。

會議結束，我從洗手間出來，美玲就堵在門口，不爽地問我，「我的英文也很好，為什麼不選我？」

光她這種態度，我選樓下阿財叔也不會選她，「因為小惠英文比妳更好。」我用英文回應美玲。

「根本就是妳對我有偏見。」美玲再嗆我。

「對啊。」我淡淡地說。

美玲愣了一下，我繼續對她說：「有本事就來坐我的位置，妳可以選妳自己當招待。」面對不講理的人，你再跟他講理，就是浪費時間。槓上我這種婊子，永遠都會讓自己後悔。

美玲狠狠地瞪著我，跟那天躲在總經理夫人後頭的小媳婦樣完全是兩個樣，「妳難道不怕我姑姑又來找妳麻煩？」

我笑了出來，「還真的不怕。拜託妳去請她來找我麻煩，而且妳一定不知道，這裡也有攝影機，妳剛才的表情都被拍下來了。」我指著前方柱子上的監視器。

她慌張地看了一眼。

「別拿誰來壓我，我不吃這套。」我推開她往外走。和她多說一句，都是浪費我的生命。

接著，我聽到她氣得跺腳的聲音，真希望她腳扭到。

回到辦公室，小月就進來告訴我，說有個李律師事務所的人打電話找我，我急忙回電，卻得到不幸的消息。

「謝小姐，抱歉，妳這個案子我們不接了。」李律師的助理這樣對我說。

「為什麼？」我問。

助理用著為難的聲音說：「李律師最近太忙了，沒時間接妳的案子……」

她的廢話還沒說完，我已經掛掉電話，拿了包包衝出公司。招了計程車，又剛好是早上送我來的計程車司機。我跟他說我被炒魷魚，現在要去律師事務所告老闆，他又繞小路，快速地把我送到目的地。

「小姐，加油！台灣勞工靠妳了，」為了感謝他，我多給了很多小費。

走進李得勝律師事務所，助理馬上擋住我。「請李律師出來講清楚，明明說沒有問題，現在怎麼又不接了。」我說。

助理沒想到我居然這麼快就出現在事務所，表情很慌張，「李律師去開會不在。」

「我等他。」我說。

助理不知所措，「李律師今天不會再進來了，他去參加律師公會的會員大會。謝小姐，抱歉，請妳不要造成我的困擾。」

好吧，助理是無辜的，為難弱小的人，不是我的風格。

我走到電梯前，助理跑了出來把錄音筆還給我，「謝小姐，這是妳的東西。」我深呼吸一口氣，接了過來，如果李律師真的是因為太忙，不接我的案子，我頂多上網在他的粉絲專頁給個一顆星評價就算了。

但如果是如同朱季陽說的，畏懼邱太太的勢力而不接我案子，那就真的太過分了，這麼「俗辣」是要當個屁律師啊！

我走出大樓，按下錄音筆，竟然發現裡面是空的。難道李律師不但是一個「俗辣」，也是一個婊子？

我馬上搜尋律師公會的地址，正好在附近。我火大地走過去，邊走邊想著等等怎麼教訓李得勝。結果我一到公會，接待人員說會員大會剛結束，律師們才剛剛離開。我馬上轉身，等不到電梯，乾脆走樓梯下去，在一樓大廳的人群裡，找到李得勝的身影。

「妳在這裡幹嘛？」

我轉頭，看到朱季陽。氣憤的感覺壓過看見他的心慌，我得先處理正事。

「你現在不要跟我說話。」我繼續找人。跑出大廳，遠遠看到李得勝和其他人在街角聊天。

不顧腰傷還有點痛，我火大地跑到他面前。他看到我，也嚇了一跳。我氣喘吁吁地問他，「為什麼錄音筆裡面的東西都不見了？」

李得勝眼神閃過一絲心虛，隨即說：「謝小姐，我不懂妳的意思。」

「你不接我案子就算了，為什麼還把我要提告的證物刪掉？」我乾吼著李得勝。其他人見我火大成這樣，紛紛和李得勝打了招呼就離開了。李得勝不爽地說：「謝小姐，妳有證據證明是我刪掉的嗎？如果沒有，妳這樣亂說，我是可以告妳的喔！」

「你助理剛才拿給我，裡面就是空的。」講那什麼鬼話。

「奇怪了，妳自己離開時沒有跟她確認，我可以懷疑妳剛剛是自己刪掉，然後誣賴我的。」李得勝小人嘴臉地推卸責任，氣得我拿起包包就往他的身上砸。

「謝小姐，妳再繼續這樣，我真的會提告喔！」

「麻煩你告，請你一定要告，然後我會發一張新聞稿給各大媒體，提醒所有人，你有毀人證據的嫌疑。」反正都做了賣房子的打算，要告就一起。

我不能接受這樣被欺負。

朱季陽不知道什麼時候出現，站到我面前，把我拉到背後，對李得勝客氣地說：「李律師，不好意思，請你不要見怪，我朋友情緒比較激動。」

我一聽更火大了。

「請問是在不好意思什麼？他沒職業道德都不會不好意思了。」我生氣地猛戳著朱季陽的背，他轉過頭來瞪了我一眼。

是在對我凶什麼？

李得勝又繼續不要臉地說：「既然是朱律師的朋友，那我也就不計較了，希望謝小姐別再這樣四處惹事了，我先離開了。」

來人啊，我需要叫救護車，我覺得我要腦中風了。

什麼叫不計較？

我氣得想再衝過去理論，朱季陽又把我拉住，我只能眼睜睜看著李得勝離開。我甩掉朱季陽的手，在出手揍他之前，轉身離開。

再怎麼喜歡你，我都不會委屈我自己。

意識到自己對朱季陽的感情，除了氣李律師外，我更氣自己，怎麼那麼沒有眼光，喜歡上一個不會喜歡自己的人，我謝安婷的感情路到底要多坎坷？

朱季陽追了過來，「我之前就警告過妳了不是嗎？」

「走開。」我瞪他。

「妳在耍什麼脾氣？妳去罵一個律師，吃苦頭的會是妳自己。」朱季陽也火了，真難得。

我冷冷地看著他，「那種人也配當律師？而且吃苦的是我，干你什麼事？」讓王八律師溜走，都還沒有跟你算帳，你在跟我大小聲什麼？

朱季陽生氣地朝我說了一句，「隨便妳。」就轉身離開。我看著他的背影，不禁氣自己到底喜歡他什麼？

一定是我的錯覺，一定是。

為了恢復我的智力和精神，整個週末我就躺在床上睡睡醒醒，睡著就夢見朱季陽，醒了就罵朱季陽。對自己無法控制滿腦子都是朱季陽這件事，我感到更生氣。

手機的震動，又把我從有朱季陽的夢裡叫醒，我接了起來。

「謝安婷，我跟凱文要去吃麻辣鍋，一起？」謝安平熱切地問著。

「不要。」我拒絕完就掛掉電話，又馬上撥給謝安平，「幫我跟凱文打個招呼，下次再請我吃飯。」謝安平笑了笑，我知道他在謝謝我的貼心。

眼睛一閉上，手機又開始震動。

我接起來，是明怡來電，邀我去她家吃飯。我開口拒絕，她卻告訴我，朱季陽已經過來接我，可能快到了。

讓他等，我對我自己說。

但在床上躺不到三分鐘，我還是沒志氣地下了床、換好衣服。走到社區門口，就看到朱季陽的車。我緩緩走過去，坐上他的車，一路上我們都沒有說話。

他連句嗨都不說，那我也不想開口。

他面無表情，那我也不想笑。

我知道他還在不爽那天的事，所以不想理我。但我不和他說話，是因為我有點難過，要是別人叫他來接我，他絕對不會理，他卻能為了明怡的一句話就答應來接我。

想到他真的很愛明怡，我就越不開心。

看著車窗上倒映著我的臉，因為妒嫉明怡而變得難看，更覺得生氣，最討厭妒嫉別人的我，竟因為朱季陽而做自己討厭的事。

媽的，謝安婷，妳真沒用。

一路上，我不知道罵了自己多少句髒話。

朱季陽停好車，我跟在他後頭走著，跟著他上樓，依然是一句話都沒有。朱季陽按了門鈴，明怡和三石開心地迎接我進去。

官敬雨坐在客廳看電視，一看到朱季陽來，馬上把他從我旁邊拉開，火冒三丈地看著我。我知道她在氣那天朱季陽沒有理她的事，是因為我的關係我很冤，但也懶得喊冤，隨便，我能讓大家有個情緒出口，也算好事一件。

突然有個我沒見過的女生從房間裡走出來，好奇地打量我。

明怡幫我介紹，「這是我的室友兼好姊妹，也是季陽的親妹妹，立湘。」我微笑地看著朱季陽的妹妹，她和朱季陽有點像，感覺和人有點疏離，但對到眼的那一刻，會發現他們性子裡的溫和。

屁，我要收回這句話，只有立湘有，朱季陽沒有。

立湘笑著對我點頭打招呼，明怡繼續著，「這是敬磊的好朋友，安婷，幸好有她才能解決伴娘的問題，對了，她也是季陽的好朋友。」

我和朱季陽對看了一眼，兩人同時說了一句，「我們不熟。」

我瞪了他一眼，他也瞪了我一眼，全場的人安靜地看著我們對峙，開心的人只有官敬雨。

不熟的兩個人坐在彼此對面。

三石和朱季陽聊著國家大事，立湘說，她剛從歐洲幫身為電競選手的男友加油回來。再怎麼不多話的人，說到心愛的人，話就多了。我才知道這間屋子裡的室友還有另外兩位，樂晴去度蜜月，依依在台南養胎。

說起四人同住的歡樂時光，我無法體會。

我算是被孤獨餵養大的人，總是習慣自己一個人來去自如，直到遇見了莫子晨，才讓我享受到了一點點擁有朋友的滿足，

擁有一塊錢的人，無法理解擁有一萬塊的人是什麼心情。

我聽她們笑鬧得很開心，我也笑著，但不知道我在笑什麼，試著想要融入，卻怎麼也搭不上話。一頓飯那麼多人一起吃，我卻感覺更寂寞，明明很香的飯菜，我怎麼也吃不出味道。

我真的很難搞。

話說官敬雨也不是省油的燈，我挾菜，她就挾我筷子上的菜，我挾肉，她就搶我筷子上的肉。她其實不想吃飯，只想吃我口水吧！

三石開口教訓了官敬雨，「妳在幹嘛？沒有禮貌。」

官敬雨一副「對啊，我就是沒有禮貌」的模樣，那表情簡直跟我一模一樣，我也就沒有什麼好怪她的。

抬頭望了一眼朱季陽，他眼裡又只有明怡時，那一瞬間，我覺得自己快被孤單逼死，我突然放下碗筷。

大家嚇了一跳，同時往我這邊看過來，朱季陽也是。

我為自己的情緒化尷尬地笑了笑，「那個……洗手間在哪？」

明怡也笑了，起身帶我到洗手間。走到洗手間門口，她突然轉身問我，「妳和季陽吵架了？」

「沒有啊。」我馬上反駁。

吵什麼？不就我自己一個人在演內心戲，他又無關緊要，唯一能牽動他情緒的人只有妳啊！

「你們兩個感覺怪怪的。」明怡笑著說。

「只有他怪吧！」

「季陽其實人很好，只是比較不會表達，如果他說了什麼讓妳不開心的話，妳不要生他的氣。」明怡幫朱季陽解釋。

「我才懶得生他的氣。」我馬上反駁。

明怡笑了出來，笑容裡有很多涵意，我不想再問，她也沒有繼續再說。

我開了洗手間的燈，走進去在裡面呆坐了好久。我覺得全天下跟我一樣孤獨的人，都需要自備一間廁所，好在跟這個世界格格不入的時候，有地方躲起來。

「安婷，妳還好嗎？」明怡的聲音從外頭傳來。沒想到她居然還在外面等我，我只能趕緊走出去。

「是不是哪不舒服？」明怡一臉擔心地問。

我微笑地搖了搖頭，和她一起回餐桌。經過客廳的時候，看到地上都是電動遊樂器搖桿，這不太像是四個女孩子一起住會有的東西。我忍不住問：「妳們在家會一起打電動啊？」

「這是樂晴男朋友的。」明怡轉頭回答我，一時沒注意腳下絆到了線。我急忙拉住她，結果兩個人一起在客廳跌了個狗吃屎。

沒有，只有我吃屎，明怡依然像個仙女。

在餐桌前的大家，聽到客廳傳來巨響急忙跑了過來。三石趕緊扶起明怡，朱季陽又是十分擔心明怡的表情。這畫面太殘忍，我不敢看，我這種凡人最好就是自己站起來。

我一向都是自己站起來的。

立湘走到我旁邊想要扶我，我搖搖頭，「沒關係，我自己可以起來。」下一秒，朱季陽伸手一個使力，我已經站起來了。我謝謝都還來不及說，就聽到他冷冷的聲音，「走路為什麼不看路？」

看他臉上露出的表情，似乎覺得明怡會跌倒都是我的錯。

我很傷心，但我不會表現出來。我很倔強我知道，可是，只有倔強，會讓我看起來堅強一點點。

我抬頭看了朱季陽一眼，他也看著我，似乎想等我的解釋。但我真的懶得再多說什麼，直接走回餐桌前，就聽到明怡在後頭澄清，「是我沒看路，安婷為了要扶我，還害她跌倒了。」

有什麼好解釋的？我拿起筷子，繼續吃飯，只想趕快吃完趕快回家，這裡太溫馨，根本不適合我。

我用湯泡飯，快速地把飯扒完。

「吃慢一點。」明怡有點擔心。

三石也看不下去，「妳等等還有約嗎？吃得這麼趕。」

我把碗放下，對他們說：「我想起來明天有會議要開，所以要回去整理資料。謝謝你們的晚餐，改天換我請你們吃飯，我要先走了。」

朱季陽也看著我，但我不想看他。

「這麼快？要不要請我哥送妳？」立湘用感到可惜的語氣問我。

我馬上大喊，「不要！」

另一個大聲喊不要，是官敬雨。

朱季陽冷冷地看了我一眼，低頭吃飯。那一秒，我超想拿立湘那碗剛盛好的湯往他潑過去。要不是我喜歡你，你拿什麼跟我囂張？

我拿起一旁的包包，請他們都不要十八相送，急忙逃離那裡。

一打開大門，聞到街上的髒空氣，我才有活過來的感覺。

我走在路上，看著自己的影子，心裡才踏實了起來。像我這種人，比較適合跟自己相處，原本想搭車回家，但之前因為腰痛的關係，已經有一陣子我都處在能坐就不要站的狀態。就趁著今天腰好了，好好走一下路。

一方面，也好好地想想自己的心情。不過也沒有什麼好想的，喜歡上就是喜歡了，要想的就是一個要不要繼續喜歡的決定。

要嗎？

我在內心狂吼，當然不要啊！

喜歡一個不會喜歡自己的人，不是很找死嗎？和朱季陽本來就不會有什麼交集，任何感覺都會被時間沖淡，沒有什麼好擔心的。在還沒有深陷時，我得趕緊離開。

我這樣說服我自己。

然後決定買桶炸雞回家好好吃個爽，剛才根本連牙縫都沒有塞夠。

準備走進速食店時，看到前方一間高級餐廳裡走出一個熟悉的人影，是邱太太。她後面跟著一隻哈巴狗，李得勝。兩人說說笑笑，沒有意外的話，在取笑的對象應該是我，笑我不自量力。

我也陪他們笑了出來，謝謝老天指點迷津。

「原來李律師是忙著拍馬屁啊！」我走過去，微笑地看著這兩個不要臉的人。

邱太和李律師轉頭看我，邱太太看了我一眼，斂住了笑容，而李得勝的表情一下心虛一下尷尬有夠精彩。

「還以為是誰，原來是這個小婊子啊！」邱太太看著我。

我笑了笑，「小婊子給老夫人請安，老夫人最近好像變黑了，啊，我忘了老夫人黑心，當然看起來比別人黑。」

邱太瞪了我一眼，伸手就想打人。老娘我腰不痛了，哪能容妳這麼放肆！我手一揮拍掉了邱太的手，「記得把這附近的監視器都刪掉，免得被別人發現是妳先動手的。」

李得勝馬上替邱太說話，「謝小姐，我也在現場，可以當邱太太的證人。」

我對李得勝翻了個白眼，很想告訴他，當什麼證人，你只是個賤人。但我懶得理他，這種為了錢就沒有職業道德的人，早晚會有報應，老天爺會收他。

「繼續嘴賤吧妳，反正妳也動不了我。」邱太一副已經是勝利者的姿態。

「妳知道我不只嘴賤，婊子可是有很多招數的，我不介意找妳老公試試，」我向邱太拋了一個媚眼，希望她不會因為這樣愛上我。

一講到老公，她就失控地衝到我面前，直接抓住我的頭髮。我也不會跟她客氣，直接跟她打起來。李得勝在一旁緊張地喊人來幫忙，沒多久，真的有人幫忙抓住了我。我生氣地掙脫，回頭一看，又是朱季陽。

「你煩不煩啊！」我生氣地衝著他吼。

他沒有理我，直接把我半抱半拖地拉離現場，往他的車走去。他打開車門，又把我往車裡塞，沒錯，又用塞的。然後他擋在車門邊開始教訓我，「妳有沒有腦？」

「沒有。」我冷冷地回應，站起身想推開他，只落得反彈一個下場，硬生生跌在座椅上。

「就跟妳說不要惹邱太太，妳為什麼不聽？」

「是她先惹我的，我幹嘛要對她客氣？」我不是一個忍氣吞聲的人。

「妳到底還要耍多久脾氣？」他生氣地看著我。

我也不知道我在耍什麼脾氣，大概是因為知道他不會喜歡我，所以才這麼生氣吧！

「干你屁事。」我冷冷的。

朱季陽火大地瞪著我吼，「不要每次跟妳說話就只會回我這一句，我是關心妳！」

我看著朱季陽生氣的臉，聽見他說關心我，我不知道是被什麼附身，覺得他生氣的樣子簡直帥翻了。三秒後，我情不自禁地伸出手抓住他的衣領，把他用力地拉向我，然後我吻上了他的唇。

好了，我可以百分之百確定，我真的很喜歡朱季陽。

有點慘。

更慘的是，他竟然像見鬼一樣嚇了一跳，退後了幾步。我看著他驚慌的樣子，覺得很難過，我緩緩下了車，走到他面前，對他說了一句，「不要再管我的事，我已經喜歡上你了。」

他聽到我的表白，更是不知所措，好像被我喜歡跟七月鬼門開一樣。我忍不住苦笑，「不想要我繼續愛你的話，就離我遠一點。」

朱季陽又退後了兩步。

無法再面對他，我假裝鎮定地離開，卻不停加快腳步。高跟鞋跟踩在馬路上的聲音，像落在路上的大雨。我伸手攔了輛車，直奔回家。躺在床上的那一刻，我很滿意自己的處理方式，這樣很好，我為自己揮了一次快刀，長痛不如短痛。

謝安婷的原則。

然而，我告白後，朱季陽驚嚇的臉，卻不停出現在我腦海裡，害我整整失眠了一夜。我不曾單戀過誰，第一次竟落得這種下場。就是臉浮腫再加上黑眼圈，還冒出了一些粉刺的下場。我刷著牙，用手擋住鏡子，一點都不想看我自己的臉。

到了公司，好久不見的小鮮肉麥可竟在大門口等我。他興奮地跑到我面前。

我都快忘了他叫什麼名字了。

「Anna，我好想妳。」他熱情又直接地說。

我笑了笑，沒有回應。

他從口袋裡拿出一個盒子，開心地告訴我，「我說過，妳想要的東西，我會努力買給妳。」

他打開盒子，一顆大鑽戒就在我面前，接著牽起我的手深情告白，「Anna，和我談戀愛吧！」

我看著他真摯的表情，如果我年輕個十歲，我會為了他的這個表情愛上他，但現在的我真的沒有辦法。

想拒絕他時，卻看到朱季陽正要來上班。他看著我和小鮮肉，於是我當著他的面接過了那個鑽戒盒子。朱季陽冷冷地看了我一眼，面無表情地走了進去。

看著他的背影消失，我把鑽戒塞回小鮮肉手裡，微笑著告訴他，「我不能收。」

「那妳為什麼說妳要？」小鮮肉難過地看著我。

「我想要啊，但我希望是我愛的人送我。」對我來說，送的人比較重要。

小鮮肉惱怒地在我面前轉頭就走，他應該在心裡面罵了我千萬次是個耍人的婊子。但我不介意，遇過我這種壞女人，就更能珍惜後來遇見的女孩。她們和我相比，都是天使。

感情裡也有好人跟壞人，大家都希望自己是個好人，殊不知好與壞是比較出來的，如果沒有遇壞人，怎麼知道好人長什麼樣子，我只是不介意自己是個壞人。

希望小鮮肉明白，他努力賺來的三克拉，值得送給更好的女孩。

我也轉身走進大樓。一進公司，和美玲搭了同一部電梯，她完全不跟我打招呼，我很謝謝她，因為我也懶得跟她說話。走出電梯的同時，她回過頭跟我說了一句，「妳再漂亮也會老的。」

我點了點頭，「是啊！怎樣？」為什麼要對我說廢話。

她生氣地說：「我看妳老了還能囂張多久！」然後走出電梯。

我看著她的背影，思考著到底要不要幫她叫救護車。她真的病得滿嚴重的，我囂張又不只是因為我漂亮，我囂張是因為老娘叫謝安婷好嗎？我活到七十歲照樣囂張啊！傻傻的，難怪戰鬥力零。

活著就是打仗。

聰明的人會知道敵人的能耐，懂得智取。傻子就是搞不清對手有幾兩重，一下放炸彈一下彈羽毛，還以為自己很強，結果半場也贏不了。如果常常輸，絕對不是敵人太強，真的是自己太笨。

我沒有時間討厭她，畢竟後天就是公司紀念晚會，我幾乎是忙到凌晨才結束，有太多細節需要不斷確認，連帶小月也陪我加班到半夜。

我們一起走出公司，小月看著手機，一臉哀怨。

「他不來接妳？」我問。

她難過地點了點頭。

我招了輛計程車，打開車門把小月推進去，小月疑惑地看我，「經理？」

接著我從包包裡拿出一千塊給計程車司機，「司機先生，麻煩你等一下繞到麥當勞，幫她買一份餐，然後務必讓她安全到家。其他的是小費，麻煩你了，辛苦了。」

司機先生很開心地點頭。我對小月說：「男朋友本來就不是用來接送的，需要接送，有計程車司機，他們比你男友更專業。」

小月點點頭，雖然我不確定她有沒有聽進去。

計程車駛離後，我走在無人的街上，抬頭看著眼前的大樓、住家，還有幾盞燈亮著。我很想問問還亮著燈的這些人，是不是跟我一樣，會有一種：啊，我是不是就要這樣過完一輩子的無奈。

我就這樣走了一個小時到家，竟在社區門口遇到也剛加班完的謝安平。他的臉色跟我不一樣，看起來極好、極滋潤。

「妳也剛下班？」謝安平驚訝地看著我。

我點了點頭，就看到凱文從計程車下來，提著消夜，微笑地和我打招呼，然後走到謝安平身旁。兩個帥氣的男人在我面前用充滿愛的眼神交流，這畫面實在太美，但我不想看。

「欸，我要報警了。」我對他們說。

謝安平和凱文同時疑惑了起來，「怎麼了？」

「在單身的人面前這樣看來看去對嗎？」我瞪了謝安平一眼，他們笑了出來。我直接走進社區大門，他們一人一邊走在我旁邊，謝安平搭著我的肩。

「幹嘛這樣，快去把朱季陽啊！這樣我們可以一起去約會耶。」謝安平邊說邊對我眨眼。

我用伸手捏起謝安平的手，回了他一句，「神經病。」

謝安平在我身後喊了一句，「謝安婷，我們是雙胞胎，有心電感應耶。」

應你個頭，最好會應到我喜歡朱季陽啦！

回到家後，我整理好自己，卻整理不好自己的心，即使做了決定不要繼續喜歡他，仍是想他。我的撞牆期不知道還要花多久時間撐過。

希望在走出來前，我還沒有撞到腦震盪。

一整個晚上沒有睡好。天還沒亮，我已經下床梳洗。不曉得是因為朱季陽而睡不著，還是因為紀念晚會壓力太大。換好衣服，我決定早點到公司處理工作。

等到過了明天晚上，我就要休個五天假，好好睡死。

難得當第一個到公司的人，我先整理好今天的待辦事項，再一件一件解決。慢慢地大家也陸續來上班了。小月不知道什麼時候來的，還放了杯咖啡在我桌上，「經理，冰美式加倍。」

我抬頭看她，她微笑地對我說了一聲，「經理，昨天晚上謝謝妳。」我聳聳肩，拿起冰美式喝了好大一口，繼續工作。

沒有什麼好謝的，如果別人的話聽得進去，該謝的是自己的耳朵。

小月走出去沒有多久，總經理就走進來告訴我，「謝經理，業務部的小惠昨天晚上出車禍，明天沒辦法當招待，妳這裡如果沒有其他人選，那就由我來挑了。」

我看著總經理，撥了分機到行銷部。總經理面露喜色，以為我要讓美玲接招待，但當我說出要讓小倩接時，總經理臉色微變，「美玲的英文不是比小倩好嗎？」

「但我比較喜歡小倩。」她的笑容比較真誠。

總經理的臉愣住，接著美玲氣憤地從我門口走過。

「總經理，如果你沒有把美玲當員工，而是當親戚，以一個長輩的立場，你該教她的是怎麼做好每天的工作，而不是只想做自己想做的事。」

總經理沒有回應我，瞪了我一眼後離開。

我無所謂地繼續工作，總經理又走進來跟我要邀請函。

我就應付總經理就好啦！其他事都不用做了。

「總經理，請問你要邀請誰？需要安排位置嗎？」我耐著性子詢問，很怕他去請個大咖，結果我要人家站著。

「我忘了邀請朱律師。」總經理說。

「幹嘛邀請他？」一聽到他的名字，我的心情和語氣就很差。

總經理被我的反應嚇到，「呃，我不能邀請我的貴賓嗎？」

我自知理虧，趕緊放緩語氣，「當然可以。」然後拿出邀請函，遞給總經理，他臉很臭地說：「謝經理，妳是不是看我不順眼？」

我愣了一下，露出笑得很甜的表情，「總經理，當然不是啊！因為明天就是晚會了，所以我壓力比較大。」

總經理些微釋懷，接著又說：「那妳幫我把邀請函送到樓上去給朱律師，我還得去董事長家裡一趟。」

「我不要」三個字我都還來不及說，總經理就走出去了。他一定是為了美玲，故意來找我麻煩。

好啦，我不能誤會他，畢竟他根本不知道我和朱季陽的事。

走出辦公室，想叫小月去送，才想起我派她去飯店會場勘察，今天下午她不會再進公司。我只好硬著頭皮上樓，到了事務所，助理說他不在，我覺得很開心，把邀請函留給助理轉交，便要下樓。

一轉身，就撞到走進來的朱季陽，兩個人的臉靠得好近。我們對看了一眼，匆匆退回該保持的安全距離。我知道我們同時想起了那個吻。朱季陽微微撇過頭，看起來對他來說，那個吻不是個多好的回憶，我沒有說什麼，和他擦身而過。

我無法開口對他說，真抱歉，那天是我太主動嚇到你了。

心臟大顆的謝安婷，竟也感到有點受傷。

原本我要準時回家的，因為朱季陽的表情，又多耽誤兩個小時。下班時，明怡來電約我，晚上去試婚禮的菜，順便大家一起聚聚。但我不想再碰到朱季陽，只能狠下心拒絕。

差不多拒絕了十八次，明怡才放棄。

結果小月打電話來，說明天晚會的舞台擺設出了問題。原本搭車要回家的我，又趕緊下了公車，攔了輛計程車往飯店去。

一到飯店，我衝進會場，跑到小月面前，緊張地問：「哪裡有問題？」

小月擔心地指著桌上的酒杯，「經理，怎麼辦？當初我們訂的是水晶酒杯，結果飯店說我們訂的只是一般酒杯，水晶酒杯明天有另一個晚會要用，數量不夠。」

飯店人員為難地看著我們，拿著我們當初下的訂購單給我看。我看了一下，再打開我下訂時的電子信件，告訴他們，「我寫的是水晶酒杯。」

飯店人員急忙跑走。小月著急地問我，「經理，怎麼辦？」

「沒有什麼怎麼辦，妳可以下班了，他們的問題，他們自己要解決。」我推著小月，要她快點回家。

小月也是責任感很重的人，見問題沒有解決，腳步就移不開。飯店經理表情歉疚地走到我面前，「謝經理，不好意思，是我底下的人辦事能力不足，現在水晶酒杯真的不夠，妳這裡能不能……」

「不能。」我笑著說，公司的面子不能妥協，謝謝。

我們也不是第一次配合，飯店經理很清楚我的脾氣，沒再說第二句話，就轉身去處理。而我也相信他可以解決，因為一個人的價值，不只是把事做好，還要能解決問題。

把小月趕回家後，我等了半個小時，水晶酒杯已經換上，飯店經理再三向我道歉，我只能跟他說：「是應該道歉，但不是因為酒杯，是因為浪費了彼此的時間。」

能做到就去做，是在囉嗦什麼？

我離開宴會廳，經過中式餐廳時，突然被叫住了。

「Anna?」是男生的聲音，但叫過我的男生太多了，我無法聽聲音辨人。緩緩轉過頭去，看到對方，我簡直是笑得不能再開了。

「邱董！」一瞬間覺得我好像老鴇，招呼久久來到醉紅樓的大戶。

我真的非常開心看到邱董，還在想怎麼讓他老婆不開心，結果人就出現在我面前了。我拉低了上衣領口，拉高了裙子，緩緩走到邱董面前，熱情又帶點距離地和他打招呼，「好久不見，最近好嗎？」

差點就脫口而出，你知道你老婆有多煩嗎？

邱董走了過來禮貌性地擁抱了我一下，歉疚地對我說：「Anna，真是不好意思，那天我太太對妳這麼粗魯……」

我笑了笑，「那天？是哪天？她來找我麻煩好幾次呢。」我裝可憐地說。

「什麼？她居然還去找妳麻煩？」邱董生氣地牽著我的手，走進餐廳裡。看他坐在兩人座位上，酒杯上還有口紅印，應該是剛送走了個女人，我算是他的第二攤。

邱董拉開椅子請我坐下，叫來服務生換了餐具，再叫瓶好酒還有幾道菜，從口袋裡拿出條項鍊，有錢人的口袋總是特別深。邱董走到我背後，幫我戴上了項鍊，「我太太不懂事，這小小禮物，當作賠罪。」

我回過頭，本來想拿掉項鍊，卻意外地看到朱季陽走進來，而他也看到了我，還看到邱董的手就放在我的肩上，更看到了這條閃亮亮的項鍊。他的眼神從驚訝轉變成嫌惡。

其實，自始至終，我在朱季陽心目中都是個婊子。

為什麼我竟一度誤會，我們算是朋友。

第九章

# 到底是我毀滅了世界，還是世界毀滅了我？

我忍住難過，笑了笑，轉頭熱情地抱著邱董，「謝謝邱董，這項鍊我載起來好看嗎？」邱董搔著我的背，我差點伸手呼他一巴掌，但我忍了下來。

「哥，這裡。」立湘從餐廳另一頭走了過來，叫著朱季陽，發現我也在，微笑地對我揮手打招呼，「安婷，妳也是一起來試菜的嗎？」

朱季陽冷冷地看了我一眼，拉走立湘，順便幫我回答，「她沒空。」

看著他們的背影，邱董好奇地問：「妳朋友？」

我笑了笑，「不認識。」

朱季陽似乎是聽到這三個字，轉過頭冷冷看了我一眼。我別過頭，不想再看他。

邱董表情疑惑，但我沒有義務跟他解釋，我現在想做的，就是讓他好好回家去教教他老婆什麼叫做人的道理，要是覺得教不會，要直接送醫也是可以。

「我朋友都覺得很不可思議，沒想到事業這麼成功的邱董，太太居然是這樣的人。」我淡淡地說。

「這女人真是丟盡我的臉！」邱董氣得連酒杯都放不穩。

我想差不多了，讓他回去跟邱太吵一架就夠了。我拿下脖子上的項鍊，還給邱董，「邱董，你的道歉，我感受到了，但貴重的禮物我不收。」

邱董看著我，「Anna，上次的提議還有效喔。」

我笑了，「邱董，相信我，當朋友會比當我的男人好，你就別折騰自己了。還有，我不希望你太太再來煩我。」邱董用眼神答應了我，我滿意地拿了包包起身離開。

走出飯店門口時，遇到了結束試菜的明怡、三石、立湘還有朱季陽，這時間到底有多剛好，我應該改行去算命。

我笑著和大家打招呼，就是不想理朱季陽，而他眼神也沒有放在我身上，都在明怡那裡。

我心底微微苦澀。

寒暄過後，我對大家道了再見。轉身走幾步，朱季陽的聲音竟在我身後響起，「前天才說喜歡我，今天就抱著別的男人？」聽起來不知道是酸我，還是看不起我。

我轉過頭看著他，「不行嗎？」

「可以，隨便妳。」朱季陽瞪了我一眼就走人。

看他離去的背影，真的很想問他是在不爽什麼？又不喜歡我，管我去抱誰？莫名其妙。

我滿肚子火地回到家，正準備去洗澡，武雄打了電話給我。想起他對謝安平婚事的不放棄，我開始不安。

「爸！」我叫得非常諂媚。

「以前住我們家隔壁的許教授他女兒從日本留學回來，現在住台北妳知道嗎？」

「誰知道。」說得好像我連總統今天午餐吃什麼我都要知道一樣。

武雄生氣地吼了我一聲，「謝安婷！」

「爸，你幫我介紹好不好？我嫁，誰都可以，只要你喜歡就好。」不要逼謝安平，逼我。

我願意。

「我已經跟許教授的女兒約好了，就明天晚上。妳帶謝安平去，確定他有好好的給我相親……」我爸的耐心真的也不一般，其實我早該知道，畢竟有我媽這樣的老婆，我怎能低估武雄的能耐。

我嘆了口氣，「爸，我不會帶哥去的。」

「妳敢！」

「你知道我敢。」

「謝安婷！」

「有。」我想立正站好，但我累，只能淡淡應付一聲。

武雄氣得直接掛我電話，我知道我爸不會這麼容易放棄，不到一分鐘，我聽到手機傳來簡訊的提示音，看到傳送人是帥武雄，我就直接刪掉了，決定之後再跟武雄裝蒜，「什麼？你有傳嗎？我沒有收到。」

我戲精。

戲精今天陪了邱董演了一個晚上的戲，真的夠累了，一沾上床，連朱季陽我都沒有力氣去想，就這樣睡著了。

也幸好睡得早，起床後，才有力氣繼續演交際花。

今天是公司年度最重要的活動之一，我連續辦了好幾年，每年都幫董事長跟公司做足面子。辦完活動，也經常有新的公司來挖角，但我很滿意現在的公司，所以選擇留下。

而我對自己的要求只有一個，一年要比一年更好，每一年設計的節目從來沒有重複過，連我自己都想要佩服我自己。

一到宴會廳現場，我的腳步就沒有停過，一下確認東，一下要檢查西，「經理，妳要不要先休息一下，都下午三點多了，妳都還沒吃東西。」小月擔心地問。

我搖了搖頭，現在沒有胃口，但明天我會吃個夠。

不知道忙了多久，小月又來提醒我去換衣服，我才發現，距離客人來到的時間只剩一個小時。

我急忙到更衣室換了小禮服，再補個妝，就已經夠美了。

再次出來時，記者們先到了。我發了新聞稿給大家，被他們問了差不多一百個問題後，趕緊安排他們到記者區稍坐一下。發送了紀念禮品，再請服務生好好伺候。畢竟記者的鍵盤可以是天使的翅膀，也可以是惡魔的眼睛。

確定記者們得到妥善的照顧後，我一轉身，看到美玲穿著紅色禮服，胸前載了朵只有招待能載的小花碎鑽胸針，正與貴賓聊天。小倩緊緊跟在她後方，一聲也不敢吭。

我走過去，還沒有開口，小倩就先對我說：「謝經理，不好意思，我有點怕生，怕表現不好，所以請美玲姊幫我當招待。」

我看著美玲得意的臉，沒有說什麼，轉身去招呼其他客人。

當機會落到你頭上，你卻沒有好好堅持，把它推出去，那是自己的損失。因為你不知道下一次機會來臨是什麼時候。至於美玲，對這種人，我根本不放在心上。

嘉賓陸續進來，董事長也來了，一見到我就不停稱讚。

「Anna，沒有妳，公司該怎麼辦？」董事長有點浮誇。

少來。

雖然是場面話，但我覺得開心，也很欣慰，明明應該要好好招呼董事長，可是我眼神總是不停瞄著入口，很怕朱季陽突然來了，我沒有做好心理準備，會措手不及。

他會來嗎？

晚會開始了，朱季陽還是沒有出現，我不自覺鬆一口氣，卻也有點失望。雖然很氣他，也想再看到他。但我想，比起我，他更想看見的是明怡吧。

我在心裡苦笑，我自嘲的功力，世界上大概很少有人能贏我。

董事長突然走到我面前，對我伸出手，邀我一起上台切蛋糕，我才趕緊回神，和董事長一起走上台。眼前這個蛋糕，是公司 logo 放大的立體造型。

蛋糕被切開時，切面出現公司系列產品的英文名稱，大家都一臉讚嘆地看著這猶如藝術品的蛋糕。這可是花了很久時間才找到願意承接的師傅，不停來回溝通確認可行性，更改了好幾次設計才完成的結果。

這是要給大家的驚喜，董事長更是驚喜又滿意地看著我。但我還來不及回應，更大的驚喜來了。邱太竟在這時衝上台，狠狠推了我一把。我就這樣跌在切開的蛋糕裡。接著她衝到我面前來，抓住我的頭髮，把我的臉再往蛋糕裡砸。

我吃到了一點蛋糕，味道很不錯，只是可惜了，全場只有我吃到。

「敢在我老公面前搬弄是非，要他和我離婚！妳去死吧！婊子！」邱太像瘋了似的，不停地叫囂，拿起一旁的酒杯往我身上砸，「我死都不會和我老公離婚的，賤女人！」

又來了，這推人的戲碼到底要演多少次。

接著，我聽到董事長著急地喊著保全，以及全場嘉賓的驚呼聲和此起彼落的快門聲我緩緩站了起來，抹去臉上的蛋糕，看到保全將邱太架出去的那一刻，還有董事長失望的表情，跟大家議論紛紛的模樣。

我卻一點也不覺得怎樣，沒有我謝安婷控制不了的場面。

直到我看見朱季陽出現在入口，才發現原來這就是世界末日。距離太遠，我看不到他眼神裡的情緒，只看到他轉身離去的背影。

我愣在舞台上，無法動彈。

後來我被董事長叫去休息室，他只對我說了一句，「妳明天不用來了。」然後拂袖而去。我沒有生氣，也不會解釋，董事長做的決定是對的，公司形象因為我而重創，除了離職，我也想不出更好的方法。

小月紅著眼眶拿來毛巾，幫我擦掉身上的蛋糕。

我看著她，忍不住問：「我都沒哭，妳是在難過什麼？」

「我覺得經理很可憐。」小月有些哽咽。

「妳知道可憐之人必有可恨之處嗎？」是我自找的，所以我不覺得自己可憐，如果再讓我選一次，我還是會跟邱董告狀。我很白目也很鐵齒，我很討人厭，但我從不後悔自己做的事。

反正，過去我委屈自己時，也沒有什麼好下場。

怕小月在我面前哭出來，我搶過她手上的毛巾，把她趕走，「快回去休息，妳明天還會有一堆事要做。」處理我惹的麻煩，還要回行銷部當眾人的助理。

小月看了我好幾眼才離開。我換下禮服，帶著滿身的蛋糕味走出休息室，卻在經過另一間休息室時，聽到美玲在講電話的聲音。

「姑姑，幸好妳知道那個人是邱董，我才能把昨晚拍到的照片傳給邱太太。看到謝安婷被打，我真的開心死了，我明天要把各大報都買下來紀念，哈哈哈哈。」

我開門走進去，對著美玲說：「這麼愛我，要不要幫妳簽名？」

美玲嚇了一跳，手機差點沒拿穩，原本驚慌的臉馬上變得不屑。也是啦，我們現在可是沒有上司下屬的關係，她可以用她最原本的樣子來面對我，我沒有意外。

「誰叫妳活該。」美玲嗆著我。

我點了點頭，「是啊。」

美玲愣了一下，如果她以為會看到我戰敗沮喪的樣子，那就錯了，人生只有死後，才知道是輸是贏，就像我媽死得早，但她活著的四十幾年，每天過著自己想過的生活，才是真正的贏家。

「別太開心，妳知道得意忘形都不會有什麼好下場。」我淡淡地說，不想再看到她，轉身要離開時，美玲在我後頭笑了起來，「現在沒好下場的人是妳耶，還好意思說這種話。」

我回頭面向美玲，「我這個人就是很好意思。還有，妳穿紅色真夠醜的，沒人跟妳說妳今天很像耶誕老公公嗎？」

美玲惱怒地拿起桌上杯水丟我。我輕輕一閃，水濺到了地上，她繼續嘲諷我，「沒工作了講話還這麼賤。」

我笑了笑，走出休息室。

沒工作再找啊，怕什麼？

從休息室到飯店門口這一段路，每個人都在看我。我不介意他們對我指指點點，希望今天這個畫面可以成為他們人生的一段特別回憶，搞不好他們可以跟自己的子孫炫耀，「我在飯店看過一個女人跌在造型蛋糕裡。」

走出飯店，我看見朱季陽朝我走過來。

他一走到我面前，我馬上對他說：「什麼都不要說。」然後轉身打開一旁排班的計程車車門，坐了進去。

「拜託，馬上離開這裡。」我謝安婷難得求人，這位計程車司機可以去買樂透。

直到車子駛離飯店，我才開始不自覺地發抖。

我很少有腦子空白的時候。什麼時候要做什麼事，我都很清楚。心情好就努力去做，心情不好就偷懶一下。反正生活就是這樣，低潮比高潮多來得，或許是工作的關係，解決問題成為習慣之後，遇到事情，腦子就會開始規畫SOP。

即便我身上還飄著蛋糕味，耳朵裡也好像還有奶油，長捲髮摸起來像倒了十瓶護髮乳那麼油，對於剛剛的經歷還心有餘悸，我的腦子裡仍在想著該怎麼解決這些事。

到家後，我的手機裡有十八通未接來電。

我完全沒去看是誰打的。

衣服沒有換，頭髮也沒有洗，我打開電腦，先是打了一封個人的道歉信。道歉信是有技巧的，字不要多、用詞不要重複，錯就是錯、沒錯就是沒錯。和藝人不一樣，我不靠粉絲吃飯，我只要交代清楚過程就好。

我和邱董之間沒有什麼，是他太太誤會，還不停找我麻煩，我才會故意去邱董面前告狀誰知道他老婆跟個瘋子一樣，看到照片就嗨了。

白話文是這樣，但我當然不能這樣寫，還是得要正經一點。

打完道歉的新聞稿，我把它寄給認識的各大媒體記者。雖然他們不見得會照我寫的道歉稿報導，畢竟這個社會還是同情大老婆的，或許就是會有人相信我是一個小三。反正我又不靠形象吃飯，也不在乎社會大眾的觀感，我只想把立場表達清楚而已。至於會被說成怎麼樣？就隨便吧！

接下來，我寫了封辭職信，寄給總經理，再把待辦的工作事項，寄到小月的信箱，就完成交接。

在我用電腦的這段時間，手機一直震動都沒有停過。

洗了個澡，我躺在床上看著天花板，不到一分鐘我就沉沉睡去。這一睡，我就睡到了隔天晚上，起床喝水時發現手機早就震動到沒電了。我把手機丟到一旁，再躺回床上，又陷入昏睡。

就這樣，我整整昏睡了三天。

睡醒，我幫自己煮了兩碗泡麵，吃飽後，我坐在沙發上發呆。什麼都不用想的日子竟然這麼愜意。畢業後，就這麼一直工作了十年，沒有休息過。醒著不是為了工作煩惱，就是為了感情傷神，能有這樣放空的狀態，也只能對邱太太說聲謝謝。

收拾完碗筷，我好好打掃了一下家裡，還整理了那兩個已經爆炸的衣櫥，把一些舊衣整理好，準備寄去給三石的志工隊當物資，一切就像什麼都沒發生過一樣。

直到我拿著舊雜誌到社區回收場去才發現，和我同坐電梯的三樓林太太、在中庭遇到隔壁棟的劉阿姨，她們看我的眼神都很奇怪。我才明白，什麼都沒有發生過一樣，真的只是我的錯覺。

光是警衛看我那麼狼狽回來，又幾天不出門，就可以創作很多故事了。看她們壓低音量用眼神交流八卦，其實很想跟他們說，就問吧，我會老實跟她們說的。都把公司重要的晚會搞成這樣，再害她們內傷，我真的會很內疚。

回到家，我看著掉在床邊的手機，很猶豫要不要開機。

因為面對別人的安慰，比在眾人面前丟臉，更讓我不自在。其實挫折和痛苦，它就是會過去，這是我早在十幾年前就學會的事。但別人安慰一次，我就得再想起一次。

就像三嬸婆每次看到我，就用憐憫的眼神，對我說：「可憐啊，媽媽這麼早過世。」

我真的很想對她大吼，可憐什麼啊？我爸還活著，而且我長得很漂亮，又不愁吃穿是有什麼好可憐？最受不了的，是又提醒我，媽媽很早就離開的事實。

安慰，其實也是在重新提起別人的傷痛。

所以我才不喜歡安慰別人。

但我不想讓武雄和謝安平擔心，只好插上充電電源，按了開機，看見螢幕上各種通知顯示不停跳出來，社群 app、未接來電、簡訊、email……光想到要一個一個處理，我的頭就很痛。

先處理好處理的。我稍微瀏覽了一下信件，大多都是廣告信，再來就是某位要好的記者來信告訴我，邱太大鬧紀念晚會現場的事，被封鎖消息了。遠洋集團勢力很大，對各媒體施壓，所以沒有人敢報導。

但消息多少都會流出去，那些貴賓間怎麼可能不會耳語？不過我還是寬心了一點，反正講的都是我，至少對公司的形象損失會少一點。

而公司傳來的信件則是，我的辭職信被核准，人事部要我繳回工作證，還有其他相關的事務，需要找一天到公司辦好離職手續。他們應該都很期待我的出場吧！有八卦可談啊。

然後是簡訊。

三石傳來，「聽說妳遇到麻煩了？快跟我聯絡，我幫妳處理。」

明怡傳來，「安婷，我們很擔心妳，妳還好嗎？」

小月傳來，「經理，我好想妳。」

莫子晨傳來，「我才剛生小孩，就錯過這麼多事。快打電話給我，不然我坐月子也要衝去妳家。」

謝安平傳來，「他媽的謝安婷妳再不給我解電話我從香港出差回企肯定殺去妳家打死妳。」謝安平氣得不斷句，還打錯很多字。

他們都不只傳了一封，每個人都是是三餐加消夜地在找我，再加上其他工作認識的夥伴，我的簡訊足足有兩百多封，其他社群 app 通知高達五百多則，就是沒有朱季陽傳的。

他一定覺得我很活該。

丟臉跟丟了工作都沒能讓我傷心，唯獨關於朱季陽的想法，我很在意。沒用的傢伙，都快沒飯吃了，還在想男人。

我嘆了口氣，打開未接來電清單。武雄也打了很多通，謝安平更不用說，那些傳訊的人也都打了不少電話，我在將近破百的未接來電中，看到了一通朱季陽的來電。

這感覺有點奇妙，有點開心，也有點無奈。

還沒能釐清這又爽又痛的感覺是什麼，我聽到了非常急促的敲門聲。這世界上唯一不按門鈴只愛敲門的人，叫謝武雄。

我趕緊起身去開門，因為他接下來會在門口大吼我的名字。

沒錯，在我打開門的同時，謝武雄順道吼出，「謝安婷！給我開門！」

「這不是開了嗎？」我摀著快聾掉的耳朵，讚嘆武雄的肺活量如此渾厚，我爸一定可以活到一百二十歲。

「妳在搞什麼東西？為什麼電話不接？我打公司電話找妳，說妳離職，說什麼因為妳當人家小老婆，害公司丟臉，所以要妳滾蛋。我說他們才是王八蛋，我女兒什麼條件啊？還需要去當人家小老婆嗎，他們一堆人都有病，爛公司不待最好，老爸養妳。一群混帳……」謝武雄一進門就沒有停過，他說的每一個字，都讓我感動得起雞皮疙瘩。

我走過去抱住武雄，發自內心地說：「爸，我以後一定要嫁給跟你一樣的人，完完全全站在我這邊，無條件相信我。」

武雄也抱著我，輕輕拍了拍我的背。

我的所有委屈，在這一刻一點也不委屈了

突然又有個人影從門口衝了進來，一進來就對著我吼，「媽的，謝安婷，妳到底在搞什麼鬼？難道不知道一直不回電話我會很擔心嗎？我工作都還沒有做完，就趕回來看妳還有沒有活著……」

遺傳到武雄的肺活量，謝安平中氣也非常的足，完全不用換氣而且聲音響亮，罵我罵到一半，看到武雄抱著我，他才愣住停了下來。武雄看到謝安平也愣住。

兩個人看著彼此愣住。

「需要幫你們介紹嗎？謝安平，這是我爸，也是你爸，叫謝武雄。」我對謝安平說，然後轉頭看武雄，「爸，這是我哥，也是你兒子，叫謝安平。」我好好幫這兩位久別重逢的父子介紹彼此，以免他們認不出對方。

兩人同時回頭對我吼，「別吵。」

我聳了聳肩，父子連心，我不予置評。

謝安平走到我面前，開始打量我全身上下，「幹嘛啦！」我拍開他的手。

他火大地說：「那個邱太什麼東西，還敢推妳？妳只要掉一根汗毛，我一定找人搞死她。」

武雄一聽到我被動手，反應超大，「什麼？誰推妳？現在馬上帶我去找她，我要讓她見識看看什麼叫推。」老爸伸手拉著我就要出門去尋仇。

我快被他們兩個搞瘋，「媽是這樣教你們的嗎？你們都別管，我自己會處理。」

一聽到媽，兩個大男人開始收斂。

但收斂的下場就是尷尬。幾年沒見的兩個人不知道該說什麼，我也故意不說話，讓氣氛很僵，我看他們要怎麼解決。

結果武雄沒有想解決的意思，看著我說：「跟妳哥說，我幫他約好後天跟許教授的女兒見面……」

武雄還沒有說完，謝安平馬上打斷，「跟妳爸說，我不會去的。」

我什麼都不會說，這麼幼稚的遊戲，愛玩自己玩去，我叫謝安婷，又不叫傳聲筒，我就坐在沙發上等著看好戲。

該不該去拿爆米花？

武雄一聽謝安平說不去，馬上氣得大吼，「不去給我試試看。」

謝安平看著武雄，非常堅決，「我不會去的。」然後對我說：「妳有事打給我，我謝安平的妹妹，誰也別想欺負。」

謝安平說完就轉頭走人，老爸對著他的背影猛罵「不肖子」。爆米花還來不及拿，戲就結束了。

我嘆了口氣，對武雄說：「爸，如果是媽，她一定會覺得兒子快樂最重要。」

武雄瞪了我一眼，「妳不懂。」

對，我真的不懂，而且也沒有心情再跟武雄對峙下去，「爸，晚了，你又從屏東坐車上來，先休息一下，有事改天再說好不好？」

武雄不是對我妥協，是對他的體力妥協。

才帶他到客房不到五分鐘，轉身想幫他放水洗澡，就聽到他的打呼聲。我進房幫他蓋好被子，看著他逐漸老去的臉龐，心疼起他的執著。

執著的人，總是會失去特別多。

尤其是這十幾年和兒子相處的時光，對爸來說是零，對謝安平也是。有一天，生命走到最後時，想起毫無任何回憶的這段時間，會不會埋怨起自己？

我為他們感到害怕，我不想要這樣的遺憾發生在我最愛的人身上。我想起了媽媽，多希望此時此，她能來到我的夢裡，告訴我接下來該怎麼做。

但，她仍很有個性地沒有來。

隔天起床，武雄留了張紙條給我，說他去附近公園逛逛，找棋友下幾盤棋，晚點還跟其他朋友有約，叫我愛幹嘛就幹嘛去，只要記得接電話。我看著武雄的字，忍不住笑了出來。

有夠醜的。

我洗了三天沒洗的臉，換掉穿了三天的睡衣，決定到公司，把該完成的做完，早去晚去都是要去的。

我打了通電話跟武雄交代，他馬上說要陪我去，怕我被欺負。

我阻止武雄。我說過，這世界上唯一能讓我傷心的人，只有我愛的人，其他人我真的沒有看在眼裡。

到了公司，阿財叔一看到我，一臉有話想說又不知道從哪裡說起的模樣。我從包包裡拿出這兩天整理的一些飾品，都是公司的福利品，有些根本沒有戴過，也沒有用過，我遞給阿財叔。

「送給財嬸的。」我笑著。

阿財叔急忙拒絕，「不行、不行，謝經理，妳都失業了，還送我們東西，我怎麼拿得下手？」

「工作再找就有啦，謝謝你常幫我的忙，這幾年辛苦你了。」幫我擋了一堆奇奇怪怪的男人，有時還要幫我應付他們。

「妳那麼好，那些男人怎麼配得起妳，當然要幫妳過濾啊！」阿財叔難過地看著我。

我笑了笑，拍拍阿財叔的肩，這或許是我們這輩子最後一次見面。「阿財叔，別太累了，賺錢很重要，但是你的身體也很重要，不要逞強，你女兒的未來是她自己的，你得讓她自己為自己付出。」

阿財叔明白我的意思，點了點頭，「妳也要保重。」

我微笑，把東西塞給阿財叔後，轉身走到電梯前。搭上電梯，在門要關上的那一刻，朱季陽和客戶一同走了進來。

我們對看了兩秒，我轉過頭，按了樓層。

他走到我身後，也按了他的樓層，我們很靠近。

「朱律師，你為什麼不接離婚案子啦！現在不接這個，會少很工作，畢竟台灣人就是很愛離婚啊！」客戶打趣地說。

朱季陽在距離我不到二十公分的後方說：「感情的事很複雜，我怕因為誤會而做錯事。」

客戶蛤了一聲，「什麼意思？」

我愣了一下，這話好像是說給我聽的。不過我不想自作多情，電梯門打開，我走了出去，拉開和朱季陽的距離。

直到電梯門關上，我緊繃的身體才鬆懈下來。

走進公司，仍然是老樣子，大家又是一副很想談論八卦又不太敢的樣子。我也懶得理他們，直接走到我的，不，我之前的辦公室裡，開始收拾私人物品。我轉頭看了外頭小月的位置，是空的。

果然，就這樣被調回了行銷部。

「哇嗚！還敢來公司耶，我滿佩服妳的勇氣。」美玲站在辦公室門口，得意地看著我說。

我微笑著對她說了一句，「謝謝。」

她愣了一下，然後繼續說：「有沒有後悔妳之前對我那麼壞？所以搞妳一下只是剛好而已。」

「沒有喔！謝謝妳搞我，我這幾天休假休得很開心。」

這是事實，我真的睡得很好。

她不相信，「少來了，明明就氣得要死。」

我拿起手上的紙箱，走到她面前，緩緩地表示，「我不會生氣，畢竟讓妳有機會搞我，不是妳的錯，是我的錯，我為自己的行為負責。跟妳不一樣，妳的行為要姑丈和姑姑負責。」

美玲臉色大變，「妳再給我說一次。」

「說十八次都一樣，明明三十歲了，行為就只是個屁孩。」我冷冷的回應她。

她伸手想打我。

「只要妳先動手，我絕對會打到妳爸媽認不出妳。」欠恐嚇。

美玲嚇得縮回手，看她這副沒用的樣子，我好心奉勸她，「別再來跟我吵架了，我怕妳氣死。」就說了，道行不深，好好回去練一下，還沒有準備好，就不要出來混。我不會為了一個不重要的人動怒，浪費生命。

我抱著箱子離開，美玲是氣到一句話都說不出來。

走到人事室還識別證時，我看到了小月的識別證也在人事部主任的桌上，我忍不住問：「小月……」

「她昨天辦完離職手續。」人事部經理拿了離職證明書給我。

「怎麼會？」小月還有學貸要繳，她生活很吃緊，怎麼這樣說步工作就不工作。

「就不願意調回去行銷部，總經理說如果不願意就離職，結果就馬上收到她的離職信了。」

我把該簽的東西簽完，急著離開。在走廊碰到總經理，他連看都沒有看我一眼，我也沒有跟他打招呼，反正沒有必要。這就是如此薄弱的職場關係。

走出公司大樓的第一件事，就是打電話給小月。

「妳在搞什麼？」還沒有打招呼就先罵她。

小月和我不一樣，在電話那頭笑得可開心的，「經理，妳終於找我了，我好想妳，妳好嗎？」

「我好得不得了，但妳呢？工作怎麼辦？」我擔心地說。

「放心啦，我現在在莫主任地老公這裡工作，而且莫主任也不會回去上班了。」

「是因為我的關係嗎？」我不想承擔她們生活困難的風險，我幫不了她們。

「一半是。經理，妳常教我要懂得拒絕，我有努力。」小月不知道什麼時候突然長大了，我感動得很想哭。

「如果莫子晨老公對妳不好，跟我說，我可以叫我哥幫妳安排工作。」這是我唯一能做的。

小月笑了笑，「我在這裡很好，莫主任也很擔心妳，改天我們一起去月子中心看她吧。」

我答應了小月，心裡很踏實地結束話。但下一秒，我卻接到了邱董的電話，說有事要跟我談。我不知道有什麼好談的，被邱太煩夠了，現在連他也要煩我？

在我拒絕的同時，邱董的助理出現在我面前。我被他們請到公司附近的咖啡廳，我坐在邱董對面，給不出好臉色。

「Anna，我先代替我太太跟妳道歉。」邱董道歉，手又開始往口袋掏。

「停，邱董，不要再拿什麼賠禮出來，我不需要。」我看著他說。

邱董愣了一下，「妳怎麼知道？」

因為老梗。

「道歉就不必了，事情都已經造成了。」對不起是全天下最馬後砲的事。

邱董看著我，嘆一口氣，「我和她在昨天離婚了。」

「所以呢？」算是我幫了大忙，我的事件成了邱董談離婚的籌碼，讓他能對付邱太的強硬後台。一個太太在公眾場合失控，丟光了老公和家族的臉，理所當然要離婚。

「我是想說，她的精神狀況不太好，目前在接受治療，如果可以的話，希望妳能讓這件事就過了，不要和她計較。」

「我不會和她計較。」我害她誤會，我也有做錯的地方。

邱董安心地笑了笑，接著說：「我現在單身，妳要不要考慮來我身邊……」

我聽著這些話，覺得非常刺耳，總算輪到我拍桌一次，邱董嚇了一跳，全咖啡店裡的人也都嚇了一跳。

「邊你的頭！今天你太太會這樣，你要負上很大的責任。要不是你花名在外，又想包養小三，她會這麼多疑又多刺，任何女人接近你，就成為她的敵人嗎？為了留住你，她有多辛苦，你有在意過嗎？」我火大地對邱董吼，反正我現在什麼都沒有，怕什麼？

就算用企業來封殺我，我也可以回去屏東種菜。

邱董看著我，沒有說話。

我站起身，我想我們的對話可以結束了。我對邱董說最後一句，「如果你還有第二段婚姻，請好好對你的太太，別再讓她傷心，所有可憐的大老婆，都是老公造成的。」

我拿著包包走人，不管咖啡廳裡的任何一道眼光。

第十章

# 再選一次，我還是想當個婊子。

我很生氣十分用力地推開咖啡廳大門。

氣邱董怎麼會認為多提議幾次我就會答應，更氣自己的是，男人運再差，也不要吸引這種有錢就以為女人都會貼上去的男人。

我用力踩著步伐，不停往前走。突然有人拉住我，在我耳旁大吼，「紅燈！」

發現是朱季陽的聲音，我一個重心不穩，高跟鞋的鞋跟斷了，腳也扭了。朱季陽把我從斑馬線上拉回人行道，大為光火，「妳可以不要一生氣就橫衝直撞嗎？」

我看著他過來的方向，似乎和我一樣是從咖啡廳離開的，那我剛才在咖啡廳裡潑婦罵街的樣子，他應該聽得一清二楚。

我抬頭看著他，「你可以不要一生氣就抓我的手嗎？」很痛，這兩個字我沒有說。

朱季陽愣了一下，輕輕放開我。

然後我們兩個人對看了一眼，又同時低下了頭誰也不知道該說什麼，兩個人都開始左右張望。

我不喜歡這種感覺，很逼死人。

我轉身要離開，朱季陽開口問，聲音透露著擔心，「妳還好嗎？」

我背對著朱季陽，點了點頭。

「我很擔心妳……」他難得用這麼溫柔的語氣對我說話。

媽的，我有點感動，但不可以感動，再怎麼感動，再怎麼喜歡他，我和官敬雨一樣，都只是顆往海裡丟的石頭，不是被他用愛的海洋包圍的島。

「謝謝你的擔心，我沒事。」一走不到一步，我的腳就傳來刺痛。

朱季陽走到我面前，蹲下去脫下我的高跟鞋，看著我微腫的腳踝，「剛扭到了？」

他再繼續這麼溫柔，我真的會失控地把他拖去我家，一輩子軟禁他。我可以種田養他，就這樣愛他一輩子。

趁我還有一分理智的時候，我推開他，也不想再跟他拿手上的那隻鞋，我直接脫掉另外一隻，一跛一跛地往前走，算我怕他。

結果朱季陽竟然直接把我抱起來。我掙扎著要下來，「你再繼續這樣，我真的要對你不客氣了喔！」

朱季陽疑惑地看著我，「不客氣什麼？」

「我真的會對你霸王硬上弓，讓你變成我的人。你最好不要當作我是在開玩笑，快放我下來，快離我遠一點……」拜託，我差點就要拜託他了。

朱季陽笑了出來，把我抱到附近超商，讓我坐在一旁的椅子上，買了包冰塊，幫我敷著扭傷的地方，認真檢視我的傷口，不停抬頭問我，「還痛嗎？」

我真的很想吃掉他。

「阿姆！」但我只能張嘴虛張聲勢。

朱季陽問我，「肚子餓？」

我在心裡翻了個白眼，再嘆了口氣，「沒有。」

「要不要去看醫生？」他擔心地問。

「單戀要看哪一科？」我說。

他十分受不了地開口，「我在跟妳講真的。」我知道，他真的想迴避我的感情。

「不用看醫生，你可以走了。」我拿過他手上的冰塊，自己敷著。

朱季陽看著我，一副不知所措的樣子，讓我覺得很對不起他。我是很喜歡他，但我不希望我的喜歡變成他的壓力，「我以後不會再跟你說這些話了，抱歉。」

「我沒有這個意思，我是……」朱季陽慌張地想解釋什麼，但他的手機響了，他接起來，不曉得是手殘還是怎樣，他不小心按到了擴音。

電話那頭傳來官敬雨著急的聲音，「季陽哥，明怡姊教我騎腳踏車，結果被我撞到了。我現在聯絡不到我哥，我好害怕……」

朱季陽衝了出去，連句再見都沒有說。

我紅著眼眶，朝著他為了明怡倉皇失措的背影說一句再見，然後我緩放下冰塊，無視店員好奇的表情，跛著腳離開便利商店。而從此刻開始，我放下的已經不只是冰塊了。

還有朱季陽，我人生的第一次單戀。

然後，我在心裡祈禱，明怡沒被官敬雨撞得太嚴重，我擔心官敬雨就算沒被她哥打死，也會被朱季陽揍死。

我摸著臉上的淚，對自己說，我不是為了朱季陽哭，是因為腳痛而哭我不停地對自己說這兩句話，直到回家，確認臉上的淚已經乾了，我才敢開門。

武雄一看到我進門，就開始嚷嚷，「去公司去了一整天，我都快擔心死了，搞什麼鬼？那些人是不是又欺負妳了？要不要爸出馬？我也是有很多人脈的。」

「爸，你是說菜市場賣魚的劉阿伯，跟水果攤的阿枝嫂嗎？」武雄的人脈有哪些我還不清楚嗎？

「怎樣？你看不起老劉嗎？人家他也是圍棋高手耶，而且阿枝嫂也會打麻將，屏東冠軍。」

「會下圍棋又不一定會圍毆，會打麻將又不一定會打架。」欠人吐槽。

武雄馬上拉下臉來，好，是女兒的錯，怎麼可以辜負爸爸的真心，他那麼擔心我。我馬上跟武雄說：「爸，我們去吃你最喜歡的烤鴨好不好？」

武雄臉色馬上亮了起來。

半小時後，我們已經來到飯店的中餐廳包廂，吃著美味的烤鴨。我打了電話要謝安平過來吃飯。

「我不去。」謝安平馬上拒絕我。

我冷冷地說：「好。」無論如何，爸爸不只是我的，也是謝安平的，他要怎麼對待自己的父親，他自己決定，我能做到的就是這樣。十幾年的鴻溝，他不跨過來，爸也不要跨，最吃虧的是他們兩個。

結果，謝安平竟然來了，我和爸都很意外，但我很開心。

我拉著謝安平坐下，趕緊再請服務生遞碗筷，我們多久沒有一起吃過一頓飯，媽，妳看到了嗎？妳老公跟兒子十幾年來的共餐。我看著武雄、看著謝安平，心裡很激動。

我開心地挾了塊鴨肉給謝安平，他馬上轉挾給武雄，「鴨脖子是爸愛吃的。」

武雄抬頭看謝安平，我知道他感動，但武雄不說，拿著鴨脖子啃。看他們兩個的互動，我滿足地吃起飯，拚命找話題和他們聊。

「妳就休息一陣子再去找工作。」謝安平對我說。

「你養我？」我還有房貸沒有繳完耶。

「養。」謝安平毫不猶豫。

我感動亂七八糟，武雄也看了謝安平一眼，我知道他想稱讚兒子，但他不好意思，那就只能靠我了。我伸手用力拍了謝安平的背，「不愧是我哥，但哥，我一個月房貸兩萬五耶。」

謝安平很自信地說：「照付。」

「那我這輩子不工作了。」

謝安平瞪了我一眼說：「只給妳一年的休息時間。」接著轉頭對走進來的服務生說：「再幫我加副碗筷。」

「還有人要來？」我好奇地問。

謝安平點了點頭。

正當我覺得他的表情不太對勁時，服務生帶著凱文走了進來。我在心裡倒抽一口冷氣，我知道謝安平的打算。

我看著謝安平，想用眼神示意他不要衝動。

但他沒有理我，招呼凱文坐到他旁邊，然後對武雄說：「爸，跟你介紹一下，這是我朋友凱文。」

武雄抬起頭來，打量了凱文一眼，「嗯。」

凱文的表情很緊張，對我爸點頭致意，我看見謝安平和凱文眼神裡，都有一種要豁出的意念，我趕緊出聲想要轉移注意力，「凱文，多吃一點。」

結果謝安平繼續說：「我們在一起八年了。」

武雄驚訝地抬頭看謝安平。好了，武雄看起來像要爆炸了，我趕緊拿走他面前的水啊、湯啊，還有碗筷，任何可能會致命的東西我都拿開，我不想失去誰。

武雄緩緩站起來，「爸，你不要激動，有話可以好好講。哥和凱文感情這麼穩定……」我試著要勸他冷靜，結果武雄回頭瞪著我大吼，「妳也知道了？」

我點點頭，說了一句把他惹到最高點的話，「爸，可以成全哥嗎？拜託你。」我知道自己很欠揍，但為了讓他接受這個事實，壞人我來當沒關係。

武雄看著我，氣到說不出話來，然後一伸手就把桌給翻了，碗盤茶杯的碎裂聲，還有桌椅敲在地面上的巨響，讓服務生都跑進包廂來看，但大家都不敢靠近。

「爸，我知道你很難接受，但這是事實。我不愛女人，你不要再費盡心思幫我介紹，我這輩子愛的人只有凱文。」謝安平無奈地說。

武雄氣到上前就給了他一巴掌，「你在說什麼鬼話，我不允許，你給我好好娶老婆傳宗接代，男生跟男生在一起像話嗎？」

凱文緊張地擋在謝安平前面，「伯父，我們有話好好說……」

「不准你叫我伯父！你什麼東西。」武雄伸手就推開凱文。

謝安平的右臉瞬間紅腫了起來，他難過地看著武雄，「我努力過了，我就是只能喜歡男生，沒有辦法改變，我也不會改變，你不能接受，我也沒有辦法。但是，爸，如果可以，我真的希望你祝福我，因為我比想像的還要愛你。」

我聽著謝安平示弱的告白，心裡酸澀了起來。他給了我一個無奈的笑容後，就拉走凱文。武雄瞪著他們兩個人的背影大喊，「祝福個屁，要一個老爸去祝福自己兒子愛男人，我還算什麼老爸？沒門，我就要和你斷絕父子關係。」

我看著武雄脖子上的青筋，還有因為生氣而脹得通紅的臉，我真的很擔心他會氣到中風。

「爸，你不要激動……」

話沒說完，下一秒，武雄就在我面前應聲倒地。身體碰撞在地上的聲音，跟他剛剛翻桌的聲音一樣響亮。

我愣在原地，那一瞬間，我以為武雄就要和媽媽一樣離開我了。

在眾人的尖叫聲和慌亂聲中回神，服務人員非常快速地叫了救護車，不到五分鐘，我已經在前往醫院的路上。我害怕得很想哭，但我哭不出來，看著武雄漸漸蒼白的臉，我幾乎快要不能呼吸。

直到站在急診室前，還覺得剛剛根本就只是一場夢。

「謝小姐，謝先生醒了。」護士走到我面前，把我喊醒。

我衝了進去。

看到武雄額頭上的傷口、眼角的瘀青，和不耐煩的表情，我終於哭了。

「哭什麼啊？我又沒死。」武雄就好像剛剛沒有暈倒一樣，精神很好的安慰著我。

「謝小姐，謝先生有高血壓……」

醫生說到一半，被武雄插嘴，「胡說，我啥時有高血壓？」

醫生沒有生氣，微笑地說：「現在。」

武雄愣了一下，醫生繼續叮嚀我，老爸的高血壓需要長期服藥，還交代些生活上的注意事項，「別擔心，吃藥就可以控制的。」醫生看我表情凝重，忍不住安慰我。

病是吃藥可以控制，但武雄的脾氣很難控制。

醫生離開後，我坐到病床旁，摸著武雄的傷口，難過地說：「誰叫你愛生氣，氣暈了吧！」

「我怎麼能不生氣，妳看看那畜生居然這樣對我說話，我是少給他吃一餐嗎？要不是為了他好，我需要這麼用盡心機嗎？」武雄說著說著，脾氣又上來了。

「我現在不想跟你講這個，我很怕你又氣到高血壓發作。」

「這裡是醫院，怕什麼！」都這種時候了，武雄還耍帥。

既然這樣，我也只好不客氣了，反正在醫院裡暈過去，找醫生還滿方便的，「爸，你為什麼這麼堅持？你為什麼不能體諒哥一下？他是同志，他需要面對的眼光已經夠多了，連你也要這樣對他嗎？」我對著武雄說。

武雄氣得拿枕頭往我身上丟，「所以他為什麼要當同志，變成正常的男人不就好了？」

我也氣起來大吼，「爸！如果可以改變，哥會這麼痛苦嗎？有些事就是天生的，你到底要他怎樣？要他重新投胎嗎？」

武雄瞪了我一眼，一句話都沒有說，默默拔掉點滴，穿上鞋子，走出急診室。我嘆了口氣追上去。

「爸！」我在後頭喊著，可是武雄越走越快。擔心他又激動到病發，我踩著扭傷的腳，忍著痛跑到武雄面前，打開雙手的擋住他，趕緊跟他認錯，「爸，是我不好，是我講話太直接⋯⋯」

我抬起頭看著武雄，居然看見他滿臉眼淚。我嚇了一跳，這輩子我只看過武雄哭過一次，就是知道媽媽得癌症那天，他哭得跟個小孩一樣。媽也只能抱著他，溫柔拍著他的背。

這是我第二次看他哭得這麼無助。我能做的，也是馬上抱住武雄，「爸，對不起，你不要哭，都是我不好，你打我、你打我。」我拉起武雄的手往我的臉上揮，武雄沒有理我，仍在抽噎著。在想不出如何安慰武雄時，我能做的就是下跪，結果武雄哭得更用力。

我和武雄，在醫院裡演了一齣沒有人要看的狗血劇。

武雄哭了很久，我就坐在他旁邊陪他。他好像是要把過去這十幾年來的委屈一次哭完，我瞪著每個經過我們眼前，一臉八卦又指指點點的路人。怎樣？老人不能哭嗎？

我心疼地讓武雄靠在我肩上，用我的袖子幫他擦眼淚，「爸，對不起啦……」

武雄突然坐起身，自己擦掉眼淚，看著前方哽咽地說：「妳沒有對不起我，是我對不起你們。」

「爸，你哪裡對不起我們了，你對我們好，養我們長大，下輩子我都還想預約當你的女兒，快給我預約單。」我想搞笑，眼睛卻不知起了霧。

武雄看著我苦笑，「我每次看到安平都有愧疚感，都是我的錯。人家說同志是遺傳的，我自己好好的，卻害安平去承受社會的壓力和別人的眼光，都是我不好。」

我可憐的武雄，和兒子決裂十幾年的原因竟是出於自責。我難過地摟住武雄，一句話也說不出來，武雄又在我肩頭上顫抖地哭著，我安慰著他，他卻安慰不了我。

謝安平接到我通知，不知道什麼時候趕到了，紅著眼眶蹲在武雄面前，「爸，你是因為覺得害了我，才會這樣嗎？」

聽到了謝安平的聲音，我和武雄鬆開了彼此，轉頭看謝安平，武雄和謝安平對視了好久，但沒有回答又低下了頭。

謝安平突然激動地握住武雄的手，「爸，這真的不是你的錯，也不是我的錯，都不是……」

武雄看著謝安平的臉又哭了出來。謝安平看著武雄，也流下眼淚，兩個人看著對方，不停地哭著。我看著他們，轉過頭去擦掉我的眼淚。

在這個時候，我應該要笑。

我爸和我哥的距離在這一刻變得靠近，是比什麼都還要值得高興的事。我不知道武雄什麼時候才能真的釋懷，但我相信快了。

我又哭又笑，小狗撒尿。

在和謝安平一起扶武雄起身時，朱季陽來到我的面前。他看著我，我也面無表情地看著他。

「來看腳？」他問。

但我不想回應，走出便利商店的那一刻，我就全放下了。

武雄看了朱季陽一眼，轉頭看我，「妳朋友？」

我看著朱季陽，緩緩說了一句，「不是。」然後扶著滿臉疑惑的武雄離開。我沒有看朱季陽的表情，我不敢看也不想看。

在我還沒停止喜歡他之前，我們最好什麼關係都沒有，這樣對彼此都好，對自己殘忍一點，才是真的珍惜自己，我的愛，就留給同樣愛我的人吧！

謝安平先送武雄回家，我則是去批價等領藥。

「妳沒事吧？」謝安平在離開之前問了我一句話。

我微笑，「沒事。」一定會沒事的。

繳完費用，我走到藥局時，遇到了三石和明怡。明怡的手打了石膏，這個官敬雨真的是死期要到了。

「怎麼這麼嚴重？」我問。

明怡和三石沒有回答我的問題，兩個人反倒仔細地檢查我全身，差一點沒有搜身，似乎很擔心邱太的事會成我人生最大的陰影。他們真的不懂，我比較有可能成為別人的陰影。

「我真的沒事。」我很認真地跟他們說。

明怡和三石這才鬆了一口氣。看他們這麼關心我的樣子，我真的非常感動，三石突然感嘆地說了一句，「妳都不知道，妳這樣消失三天，大家都很擔心，連季陽也每天打電話問妳的狀況，可是我都不知道，我這個朋友真的很失職。」

「失什麼職？你又不是我的員工。」我苦笑著，因為朱季陽。

「看到妳沒事，我們都安心了。」明怡拉著我的手說。

「現在是妳比較有事吧！」我指指她的石膏。

明怡笑了，「我自己顧著講電話也沒有注意，敬雨第一次學，本來就不太會騎，兩個人就撞上了，這手只是包得比較大，其實沒那麼嚴重。」

「哪裡不嚴重，都包成這樣了。」三石很是心疼。

看著他們小倆口在我面前曬恩愛，我想起了一件事，「明怡，我有事想跟妳說。」

三石馬上出聲，「妳是我朋友耶，有事為什麼是跟明怡，不是跟我？」

「少囉嗦。」我把我手上的領藥單號塞到三石手上，「去等藥。」

三石還想說什麼的時候，我馬上一瞪，「還有問題嗎？」他只好委屈地走到藥局前等藥。

見三石走遠，明怡問我，「什麼事？」

我深呼吸，「我可能沒有辦法當妳的伴娘了。」

明怡一臉驚慌，「為什麼？發生什麼事了嗎？」

我趕緊安撫明怡，「沒事，只是我個人的原因，妳不要想太多，我很抱歉。」不能再跟朱季陽有過多交集，我現在要做的就是離他遠遠的。

明怡看了我一眼，點了點頭，「我知道了，沒有關係，我再想辦法就好，但婚禮妳一定要來喔！」

「人沒到，紅包一定會到。」我笑著說。

「不要紅包，要妳來。」明怡也笑著，對我說了一句，「很多事，或許再等一下，結果可能會不一樣。」

「嗯？」我聽不懂。

明怡笑了笑，勾著我的手，「安婷，我有沒有跟妳說過，我很喜歡妳？」

我笑了笑，「夢裡？」

「我沒有什麼很偉大的願望，我只要我喜歡的人都能幸福，妳是，季陽也是。」明怡突然說了這句話，然後轉頭看著我，我也看著她。

我突然明白為什麼男人都不愛聰明的女人，因為被看透真的很可怕。

就像現在一樣，我不知道明怡察覺了什麼，或是誤解了什麼，那都不重要了，重要的是她喜歡我，我也喜歡她，而我們都要幸福。

三石走回來把藥拿給我，再三婆媽地要我多注意爸爸的健康，再三雞婆地要我有事一定要跟他說，我都聽煩了，火大的要他快帶明怡回家。和他跟明怡分頭走沒幾步，朱季陽又出現在我面前。

他最近怎麼那麼閒。

「剛剛那句話是什麼意思？」他看起很不高興。

我真的是懶得解釋為什麼，轉身要離開，他又擋在我面前。我抬頭瞪他，「你現在律師不當，改當路障嗎？」

他走到我面前，「我真的搞不懂妳。」

我看著他的臉，「如果你無法回應我的感情，就不需要懂我。」

「難道，無法回應妳的感情，我們就連朋友都不能當？」他很不能接受我的說詞。

「或許等我喜歡上別人之後，我們就可以當朋友了。」

我沒有朋友也活到現在了，我沒有興趣和自己單戀的人當朋友，然後看著他去喜歡別人。我為什麼要自討苦吃？我只是凡人，不是什麼偉人。

我很自私。

我想要我喜歡的人也只看著我。

我繼續往前走，和他擦肩而過。他伸手拉住我的手，我等著他會說出什麼，最後他什麼也沒有說，又放開了我的手。

謝安婷第一次的單戀，就這樣失戀了。

無論如何，能喜歡上朱季陽，對我來說是很美好的回憶。

一切都在會在今天結束之後又重新開始，我決定陪武雄回屏東住一陣子，表示一下我的孝心，但實則是去療情傷。

如果有人說，又沒有在一起什麼算失戀，我真的手邊任何東西都能變成武器，想辦法讓對方閉嘴。只要喜歡，結束時都是失戀。

隔天我整理著行李，武雄走到我房間門口，「妳幹嘛一定要跟我回去？我沒事啦！」那語氣好像我跟他回去是為了監視他一樣。

女兒沒有興趣好嗎？

「欸，怎麼說那也是我家，我不能回去？」我轉頭看著武雄。

「當然可以，但妳媽應該跟妳說過，逃避是一種無能。」武雄說著說著，從口袋裡拿出一小包肉乾吃。

我走過去搶走他的肉乾，「高血壓的人不能吃這個，而且我沒有逃避，少聽謝安平在那裡亂講。」除了謝安平碎嘴外，我想不出武雄為什麼要跟我說這句話。

武雄不悅地瞪著我，「好好好，高血壓都不是人，高血壓什麼都不能吃，高血壓的人就餓死算了。」一邊說邊裝可憐地離開我的視線。

我咬了口肉乾，很想對武雄說，我沒有逃避，我已經解決了，我對朱季陽的感情已經結束了。

但沒有必要，我謝安婷不喜歡解釋自己。

回屏東的日子非常愜意，一打開門，看到的是山、是田，不是高樓大廈，遇到的是熱心的叔嬸們，不是那些急著罵我婊子的大老婆，我甚至萌生回屏東長住的念頭。

唯有一個缺點，就是武雄和謝安平的戰爭，每天都沒有停過。明明一個南一個北，每天都能吵上好幾次。我覺得他們根本就是想把過去幾年沒講的話都講完吧！

但他們口是心非。

一走進客廳，就看到武雄掛掉謝安平的電話。

「又吵什麼了？」我幫媽點了柱香，拜託她可以顯靈，教訓一下她老公跟兒子，要他們罰寫家和萬事興八萬次。

武雄還沒說上半句，家裡的電話就響了。武雄馬上警告我，「不准接，肯定又是那傢伙打來告我狀。」

「你們可以成熟一點嗎？半點也行。」我沒有帶手機回家，是因為我想好好地靜靜，思考一下接下來的路要怎麼走。

結果謝安平就一直打家裡電話騷擾我。

我一定會找一天把這支電話給砸了。

「你們一天不吵會怎樣嗎？」接起電話我就罵了。

謝安平火大地說：「妳知道爸多誇張嗎？他這次不是要幫我介紹，是要幫凱文介紹女朋友。妳叫他別動我的男人。」

我轉頭瞪著武雄，他一臉假裝沒事的樣子，摳著自己耳朵。

掛掉電話，我走到武雄面前，都還沒有罵他，他就馬上解釋，像個做錯事的小孩，「我就想說，多試個幾次啊，搞不好會有奇蹟嘛！」

「不會發生的都叫奇蹟。」我看著老爸說。跟像朱季陽如果不喜歡明怡了，那也可以叫奇蹟。

武雄聳了聳肩，轉身回房間。明明已經慢慢接受哥是同志的事實，但就是要白目一下。全世界最想找存在感的人，除了武雄，我想不到第二個。

在屏東的生活很規律，夢到朱季陽的時間也很規律，前天夢到他被我到逗惱羞成怒的樣子，昨天夢到他對我大小聲的樣子，不曉得今天會夢到他是什麼樣子。

我比自己想像的，還要喜歡朱季陽。

但沒關係，就多花點時間忘記而已。

武雄突然又從房間走出來，對我說：「妳什麼時候回去？」

「想回去就回去。」我說。

「那妳現在回去。」武雄居然要趕我走？

「為什麼？」我都還沒有忘記朱季陽耶。

武雄看了我一眼，很不耐煩，「妳都回來快一個月了，我都不能出門，妳劉伯伯約我去小琉球玩一個星期，我們明天要出發。」

「奇怪了，你要出門就出門，我可以自己在家啊！」我又不是三歲。

「別在我家浪費電，妳回去浪費妳的電。」我真的不敢相信武雄居然這麼說，我一定是他撿回來的，沒有爸爸會這麼對待自己的女兒。

我負氣地走回房間，不到三分鐘整理好行李，「我馬上走，你最好就不要想我。」

我搭了末班車回台北，回到還有朱季陽的地方。坐在火車上，越接近台北，我的心情就越亂，一下車，想到和他聞著同一個城市的空氣，我的思念開始加倍。

回到社區時，遇見去買消夜的阿卿姨，她一看到我就狠狠抱了我一下，「回去那麼久，我很想妳咧！」

我笑了笑，「可是我還好。」因為都在想朱季陽。

阿卿姨委屈地說：「喔，妳怎麼這樣啦？吃飯沒，我有買滷味，來我家吃。」

我搖了搖頭，「不用了啦，我不餓，阿卿姨，我先回去了。」

阿卿姨點點頭，「好啦好啦，快回去休息。」結果我正要抬起腳時，阿卿姨又馬上叫住我，「啊妳回來有沒有跟那個少年仔說？」

「少年仔？」誰啊。

「就上次載妳回來，高高壯壯不太愛笑那個啊！他三天兩頭就來問妳回來了沒有，妳記得跟人家聯絡啊！」阿卿姨說完，用手肘頂了我兩下，再對我拋了媚眼才離開。

我不想多想，無論是不是朱季陽，不能繼續喜歡，就一點也不重要。

走沒兩步，妮妮從機車行跑出來叫住我，「安婷！」

我抬頭看著對我揮手的妮妮，笑了笑，走到她面前，「嗨，最近好嗎？」

妮妮點點頭，又搖搖頭，「不太好，上星期有個壞客人說謊，說爸爸把他的車修壞，要告爸爸。還好有一個叔叔來幫忙，現在沒事了。阿卿婆婆說那是妳男朋友，請妳幫我謝謝他。」

「他很常來？」我問。

「嗯，昨天也有來，問妳回來了沒有，我說沒有，他就走了。」妮妮說。

朱季陽的行為讓我很困惑，他也想要搬到這裡嗎？為什麼那麼常來？我不懂，也不想懂。

「他不是我男朋友，我失戀了，妳懂吧？」我對妮妮說，她很上道地點了點頭。

「知道該怎麼做了嗎？」我問著妮妮。

「我會說妳都沒有回來。」妮妮笑著回應我。

我感動地和妮妮擁抱後，回到家裡，看著滿是灰塵的家，我開始動手打掃，有事情做，才不會一直去想朱季陽。花了兩個小時打掃完，我開了電腦，收一個多月未收的email。整整破千封的信，我看到凌晨三點才看完。裡頭只有兩封比較重要，一封是總經理寄的，問我還想不想回公司，但要從基層做起。他一定還在作夢。

另一封是一間新的品牌代理商，直接在信裡說了，很欣賞我的能力，雖然發生過一些醜聞，但仍相信我的專業可以讓他們公司在市場上打出知名度，培養忠實客戶。

我喜歡坦白的公司，所以不管薪水多少，老娘都會去上班。

回到家的五個小時內，我有了新工作。我非常滿意這樣的進度，開了瓶啤酒幫自己慶祝，但我跟新公司說，要等我休假夠了，才會去上班。

新老闆很豪爽地說，公司可以等。

於是，我寬心地繼續放假。隔天到莫子晨家，看看我的乾女兒。我要回屏東前，去月子中心看她時，忍不住跟莫子晨說：「護士是不是搞錯小孩，妳明明就長得不錯，但是妳女兒……」

結果今天一看，根本就是小莫子晨，臉蛋好清秀。

「妳不知道小孩變得很快喔！」莫子晨又補了一句，「跟妳一樣啊！說不要喜歡就真的不喜歡了。」

我瞪了她一眼，這樣也能牽拖。

從莫子晨家離開，我在路上看到邱董帶了兩個辣妹從餐廳裡走出來，三個人有說有笑、舉止親密，我忍不住苦笑，感謝他讓我知道，這世界上有些人從來不會改變。

不知不覺，走到了舊公司大樓附近時，突然看到美玲從門口氣沖沖走出來，後面還跟著總經理夫人。我趕緊躲到一旁的造型牆後，看著兩人在門外拉拉扯扯。總經理夫人要美玲不能在上班時間偷溜出去摸魚，不然連總經理都幫不了她，美玲仍是自己沒有錯的態度。

「不就是去做了個 spa 花了兩個小而已嗎？姑丈是有什麼好大驚小怪的？」美玲大驚小怪地看著總經理夫人。

我笑了，不會變的人，再加一個。

我不會花時間等著看他們的下場，因為和我一點關係也沒有。而且姊很忙，忙著去過讓自己更開心的生活。

轉身要離開時，我瞥見朱季陽和朋友邊走邊聊，正準備走進公司大門。我趕緊再躲起來。看著他的臉，似乎比一個多月前再瘦了一點。

朱季陽突然停下腳步，然後四處張望。

「怎麼了？」他朋友問著。

朱季陽往我這個方向看，但我躲得很好，連一根髮絲也沒有被他看到，他搖搖頭，似乎很惋惜地說：「沒事。」

之後，兩人一起走進大樓裡。

我多看了朱季陽的背影幾眼後，才回家，回到我該生活的世界。

我打了電話向新老闆說明我要縮短休假，提前上班，接著換了新電話號碼、換了新包包、換了新衣服。在一個月內換了很多新東西，最想換的東西是心情。

開始工作，想念朱季陽的時間越來越少，我覺得這樣很好。

而且，能過了今天會更好。

今天是明怡和三石的婚禮，自從我回屏東，就沒有和他們聯絡。原本想找人幫我轉交禮金，但我沒有朋友，沒有人能幫我轉交，而且我也不知道三石的銀行帳號。

在公司忙到很晚才離開，往宴客的會場去。我並不打算進去看朱季陽穿上我的挑的伴郎西裝會有多帥，我只想送完禮金就離開，不要遇見任何人。我對三石和明怡的祝福都在心裡，一輩子。

在婚禮簽到簿上簽完名，我一抬頭，立湘正在距離我一公尺前，驚喜地看著我，三秒後朝我跑過來，「是安婷嗎？妳怎麼不去進去？明怡如果知道妳來了，她一定會很開心。」

立湘轉頭就好像要去叫人。

我馬上拉住立湘，「立湘，我還有工作，得先走了，就不進去了。」

立湘回過頭看我，「進去吃點東西也好啊！而且這麼晚了，妳還要回公司嗎？還是叫我哥送妳？」

聽到這句話，我簡直嚇得都快尿出來了，我最不想碰到的人就是朱季陽。我急忙跟立湘說不用，一轉身卻撞上了人。我又急忙道歉，想快點離開。

「想去哪？」朱季陽的聲音在我頭頂上響起。

此時此刻，我只有一個想法，如果真的免不了要遇到他，我為什麼不穿漂亮一點，昨天晚上也要洗個頭，穿一套體面一點的內衣……好，內衣就算了，是我想太多。

我緩緩抬起頭，看到了朱季陽，還有勾著他的官敬雨，這景象，樣。

我沒說什麼，轉身就要離開。朱季陽伸手拉住了我，我看著他的手，再抬頭看他。他看著我，我也看著他，官敬雨嘟著嘴不悅地拉開我們兩個人，站到我和朱季陽中間，背對我，面向朱季陽說：「季陽哥，不准你牽別的女人的手。」

我很討厭朱季陽這樣，每次拉住我又什麼話都不說，都要讓我自己去猜，最後都讓我失望。我覺得很煩，更討厭自己這樣被他一拉，又好像世界充滿了最後一絲絲希望。

我真的是病的很嚴重，我想我需要去醫院，於是我轉身就走。

但走了兩步，朱季陽突然從背後抱住我，我愣住了。

我看到眼前的立湘表情也嚇了一跳，接著我看到穿著禮服、拿著喜糖的明怡、看到幫老婆提婚紗的三石，看到一群人拿著菜尾準備離開，都愣在我的面前，而我的表情應該跟他們一樣，嘴巴微微張開，看起來很蠢的樣子。

「我很想妳。」朱季陽在我耳邊輕輕說著，又將我抱得更緊。我不敢相信，我覺得他根本就想玩我。

「開這種玩笑對付我，很下流。」我淡淡地說。

「我沒有。」朱季陽把我轉向他，誠心地說。

我看著他的臉，看著他看我的眼神，和過去看明怡的眼神是一樣的。我無法相信，我先捏了自己大腿，嗯，只有一點點痛，然後我伸手打了朱季陽一巴掌。

我聽到全場同時倒抽一口冷氣的聲音。

「你痛嗎？我是不是在作夢？」我問。

朱季陽看著我，我以為他會發飆，他卻笑了出來，然後又把我抱進懷裡。我好想哭，我好想點香告訴我媽，我喜歡的男人居然也說他喜歡我。我緩緩伸出手，不管這是不是夢，我也想要擁抱他。

官敬雨又生氣地拉開我們兩個人，站在我們中間，質問朱季陽，「你真的喜歡她嗎？怎麼可能？你喜歡明怡姊那麼多年，怎麼可能才沒幾天就愛上別人？」

如果官敬雨是我妹，我一定馬上賜她萬丈紅。現在是什麼場合，什麼話可以講什麼話不可以講，她都二十幾歲了，難道不知道嗎？

我偷偷回頭看著三石和明怡，他們只是笑了笑，一點都沒有尷尬的感覺。

朱季陽深情地看著我，回答官敬雨的問題，「我也很想知道為什麼，但我現在只知道，喜歡就是喜歡了。」

朱季陽喜歡我，他說他喜歡我！我激動地忍不住全身發抖，看著他的臉，我又想哭，又想笑。

官敬雨不能接受，「怎麼可能，我才不信。」

可是我信，那是愛一個人的眼神。

我用手指頭敲了敲官敬雨的肩，「小姐，為什麼不信？我又善良、又孝順、又會賺錢、又長得漂亮，還有C罩杯，為什麼朱季陽不會喜歡我？」

官敬雨愣住，三石和明怡在一旁笑了出來。

「我就是不信、不信、不信。」官敬雨難過地對著我大吼完跑走，我有點心疼她。

朱季陽拉著我，手笑著說：「我不要妳當我的朋友了。」

我抬起頭看他，「這什麼意思？」

他緩緩地說：「當我的女人。」

我還以為有什麼多感人的告白，結果是這句，我馬上翻了白眼，「什麼你的，我謝安婷就是謝安婷的，沒有誰的。而且告白為什麼沒有禮物，三克拉咧？沒有的話，學人家把什麼妹啊？」

朱季陽笑了出來，隨即在大庭廣眾下吻了我。我在心裡笑了，他知道，這對我來說就是最好的禮物。

他看著我，臉上露出十分滿足的神情。

「你真的確定你喜歡我？」我小聲地問。

「一開始不能確定，但妳去屏東之後，我慢慢明白了，而且非常確定，我喜歡妳。」朱季陽認真地說。

「差不多是什麼時候？」愛上一個人之後，謝安婷也跟個正常女人一樣煩，就是愛問這種問題。

朱季陽思考了一下後，「應該是妳跟我說有C罩杯的時候。」

我瞪了他一眼，他笑著繼續說：「我也不知道是什麼時候，我只知道突然有一天，我的心裡面就裝滿謝安婷了。」

我滿意地笑了。

明怡和三石走到我旁邊，把手上的那盤喜糖交給了我，三石也把他胸口上的胸花別到了朱季陽的衣服上。

「接下來就要換妳幸福了。」明怡笑著祝福我。

我點點頭，然後和朱季陽站在門口幫忙送客，真正的新郎和新娘，已經先去洞房了。

我看著朱季陽，他也滿足地看著我，突然間覺得所有的傷心和眼淚都是值得的，謝謝他愛上我，更謝謝我自己。

我不知道未來會怎樣，我只知道無論如何，謝安婷都不會害怕繼續去愛。

（全文完）

〔後記〕

# 不完美的完美

常有很多讀者問我，那麼多的故事人物，妳最像哪一個？

我也會思考這個問題。

當然，每個人物裡都有一點點的我存在，也有一點點的你們存在。要說最接近我個性的人，大概就是謝安婷了，她這種懶得解釋的態度，就跟我討人厭的樣子一模一樣。誤會發生時，我總是會告訴自己，懂你的人，自然就會懂你，然後因為這句話，受了很多次傷。

或許在那當下，有一種有苦說不出的惆悵，但最後會發現，這句話是真理。因為時間總能證明很多事，當初的那些急於解釋和假象平和，都被時間一一打臉。

最後留在身旁的，真的就是那些懂自己的人。我不需要花任何體力去解釋什麼，他們會告訴我，「不用說，我們都懂。」

然後發現，生活省力好多。

寫了很多故事，其實每一個故事最後的最後，都只是想告訴看故事的人，不要害怕面對自己的弱點和黑暗，不要去抗拒自己的不完美。就是因為這些不足，我們才能告訴自己：是的，我還有機會成為更好的人，還能期待自己更好的樣子。

不完美，對我來說，才是人生最真切的完美。

寫一個討人厭的人物很難，但要在生活裡處處迎合別人眼光更難。或許是太過倔強，跌倒過幾次，才清楚知道，要委屈自己去討別人歡心，是一條折磨自己的不歸路。

我常感謝自己的倔強，雖然不時吃到虧，但事後想起，總會慶幸當初沒有妥協，沒有為了要讓別人愛我，而變得不像自己。或許就像故事裡謝安婷說的那句話，「認真做自己，至少還有自己會愛自己。」

我們永遠都是自己最大的後盾。

我更希望這個故事，也能成為你們的後盾之一。

不需要去討好別人，得到的幸福，才會是真的幸福。

人生很長，我們都不要虧待自己好嗎？

雪倫

國家圖書館出版品預行編目資料

我愛你，與你無關 / 雪倫著. -- 初版. -- 臺北市；
商周，城邦文化出版；家庭傳媒城邦分公司發行，
民 106.12
面　；　公分. --（網路小說；262）

ISBN 978-986-477-156-1（平裝）

857.7　　105022313

# 我愛你，與你無關

作　　者／雪倫
企畫選書人／楊如玉、陳思帆
責任編輯／陳思帆

版　　權／翁靜如
行銷業務／李衍逸、黃崇華
總 編 輯／楊如玉
總 經 理／彭之琬
發 行 人／何飛鵬
法律顧問／台英國際商務法律事務所　羅明通律師
出　　版／商周出版
台北市中山區民生東路二段 141 號 9 樓
電話：(02) 2500-7008　傳真：(02) 25007759
Blog：http://bwp25007008.pixnet.net/blog
Email：bwp.service@cite.com.tw
發　　行／英屬蓋曼群島商家庭傳媒股份有限公司城邦分公司
聯絡地址：台北市中山區民生東路二段 141 號 11 樓
書虫客服服務專線：(02) 25007718・(02) 25007719
24小時傳眞服務：(02) 25001990・(02) 25001991
服務時間：週一至週五09:30-12:00・13:30-17:00
郵撥帳號：19863813　戶名：書虫股份有限公司
讀者服務信箱 Email：service@readingclub.com.tw
城邦讀書花園網址：www.cite.com.tw
香港發行所／城邦（香港）出版集團有限公司
地址：香港灣仔駱克道 193 號東超商業中心 1 樓
Email：hkcite@biznetvigator.com
電話：(852)25086231　傳眞：(852) 25789337
馬新發行所／城邦（馬新）出版集團【Cité(M)Sdn. Bhd.】
41, Jalan Radin Anum, Bandar Baru Sri Petaling,
57000 Kuala Lumpur, Malaysia.
電話：(603 ) 90578822　傳眞：(603) 90576622

封面設計／黃聖文
版型設計／鍾瑩芳
排　　版／游淑萍
印　　刷／高典印刷有限公司
總 經 銷／高見文化行銷股份有限公司
電話：(02) 2668-9005　傳眞：(02) 26689790
客服專線：0800-055365

■ 2016 年（民 105）12月6日初版　　Printed in Taiwan
■ 2020 年（民 109）1月3日初版5.5刷

**定價 / 220元**


ISBN　978-986-477-156-1

| 廣　　告　　回　　函 |
| --- |
| 北區郵政管理登記證 |
| 台北廣字第000791號 |
| 郵資已付，免貼郵票 |

104台北市民生東路二段 141 號 2 樓

**英屬蓋曼群島商家庭傳媒股份有限公司　城邦分公司**

請沿虛線對摺，謝謝！

| **書號：** BX4262 | **書名：** 我愛你，與你無關 | **編碼：** |
| --- | --- | --- |

請於此處用膠水黏貼

# 讀者回函卡

謝謝您購買我們出版的書籍！請費心填寫此回函卡，我們將不定期寄上城邦集團最新的出版訊息。

姓名：＿＿＿＿＿＿＿＿＿＿＿＿＿＿＿＿ 性別：□男 □女

生日：西元＿＿＿＿＿＿年＿＿＿＿＿＿月＿＿＿＿＿＿日

地址：＿＿＿＿＿＿＿＿＿＿＿＿＿＿＿＿＿＿＿＿＿＿＿＿

聯絡電話：＿＿＿＿＿＿＿＿＿＿＿ 傳真：＿＿＿＿＿＿＿＿＿＿＿

E-mail：＿＿＿＿＿＿＿＿＿＿＿＿＿＿＿＿＿＿＿＿＿＿＿＿

學歷：□1.小學 □2.國中 □3.高中 □4.大專 □5.研究所以上

職業：□1.學生 □2.軍公教 □3.服務 □4.金融 □5.製造 □6.資訊
□7.傳播 □8.自由業 □9.農漁牧 □10.家管 □11.退休
□12.其他＿＿＿＿＿＿＿＿＿＿＿＿＿＿＿＿＿＿＿＿

您從何種方式得知本書消息？
□1.書店 □2.網路 □3.報紙 □4.雜誌 □5.廣播 □6.電視
□7.親友推薦 □8.其他＿＿＿＿＿＿＿＿＿＿＿＿＿＿＿

您通常以何種方式購書？
□1.書店 □2.網路 □3.傳真訂購 □4.郵局劃撥 □5.其他＿＿＿＿

您喜歡閱讀哪些類別的書籍？
□1.財經商業 □2.自然科學 □3.歷史 □4.法律 □5.文學
□6.休閒旅遊 □7.小說 □8.人物傳記 □9.生活、勵志 □10.其他

對我們的建議：＿＿＿＿＿＿＿＿＿＿＿＿＿＿＿＿＿＿＿＿＿＿

【為提供訂購、行銷、客戶管理或其他合於營業登記項目或章程所定業務之目的，城邦出版人集團（即英屬蓋曼群島商家庭傳媒（股）公司城邦分公司、城邦文化事業（股）公司），於本集團之營運期間及地區內，將以電郵、傳真、電話、簡訊、郵寄或其他公告方式利用您提供之資料（資料類別：C001、C002、C003、C011等）。利用對象除本集團外，亦可能包括相關服務的協力機構。如您有依個資法第三條或其他需服務之處，得致電本公司客服中心電話(02)25007718請求協助。相關資料如為非必要項目，不提供亦不影響您的權益。

1. C001辨識個人者：如消費者之姓名、地址、電話、電子郵件等資訊。
2. C002辨識財務者：如信用卡或轉帳帳戶資訊。
3. C003政府資料中之辨識者：如身分證字號或護照號碼（外國人）。
4. C011個人描述：如性別、國籍、出生年月日。

請於此處用膠水黏貼